# TRANZLATY

## Language is for everyone

ربه د هر چا لپاره ده

# The Call of Cthulhu

د چولو غږ

# H.P. Lovecraft

ایچ. پی. لاوکرافټ

# English

پښتو

Published by Tranzlaty
ISBN: 978-1-80572-507-7
The Call of Cthulhu
H.P. Lovecraft (1926)
www.tranzlaty.com

www.tranzlaty.com

# The Horror in the Clay
د حمی ححه جور سوی وحسب

There is one thing I find particularly merciful.
یو سی سه چی ره یئ په حابکرئ دول مهرباں کم

The inability of the human mind to correlate events.
د پیښو سره د تراو لپاره د انساں دهں نانوانئ

It's a blessing that we can't understand the world.
دا یو نعمت دی چئ موږ نړیٻه سو درک کولای

We live blissfully on a placid island of ignorance.
موږ د ناپوهی په یوه ارامه ناپو کئ په حوښی سره روند کوو

An island in the midst of black seas of infinity.
د تورو سمدرونو په مح کئ یو ناپو

And it was not meant that we should voyage far.
او دا د دی معنی نه وه چئ موږ باید لری سفر وکرو

The sciences each strain in their own directions.
هر یو علوم په حپل لورئ کئ ندریجنٍ کوئ

But hitherto science's findings have harmed us little.
حو نر اوسه پورئ د سایس موندنو موږ نه لږ ریاں رسولی دی

But some day dissociated knowledge will be pieced together.
حو یوه ورح به جلا سوی پوهه سره یوحای سٍ

Terrifying vistas of reality will open up to us.
د واقعیت ویرونکئ منطرئ به زموږ محئ نه حلاصئ سٍ

And we will be left in a frightful vantage point.
او موږ به په یوه ویرونکئ حای کئ پانئ سو

We will either go mad from the revelation we are given.
موږ به یا د هغه وحی له امله لیوئی سو چئ موږ نه راکول کیږئ

Or we will flee from the deadly light that we will see.
یا به موږ د هغه ورونکئ رنا ححه وښسو چئ موږ به یئ وکورو

We will run from the knowledge we had always pursued.

مونږ به له هغه پوهنی ځخه وسسو چئ تل مو تعقیب کری وه

And we will seek the peace and safety of a new dark age.

او مونږ به د یوی نوی تیاره دوری سوله او خوندیتوب ولسوو

Theosophists have guessed at the scale of the cosmos.

تیوسوفیسانو د کایناتو په پیمانه انکل کری دی

Our world is but a transient incident in this cycle.

زمونږ نړی په دی دوران کئ یواری یوه لندمهاله پیسه ده

The human race plays but a little role in the universe.

انساں په کاینانو کئ یواری یو کوچی رول لوبوئ

The theosophists have hinted at strange methods of survival.

تیوسوفیسانو د روندی پاتئ کیدو عجیبو لارو ته اساره کری ده

But their suggestions would freeze a rational man's blood.

خو د دوی وراندیرونه به د یو عاقلمند سری ویه کبکل کری

Only the optimism of their ideas hides the horror.

یواری د دوی د نطرونو خوسبیتئ وحست پسوی

But it is not their ideas that chill me the most.

خو دا د دوی نطرونه نه دی چئ ما تر تولو ریاب اراموئ

It is something else that fills me with terror.

دا یو بل څه دی چئ ما له وهری دکوئ

The single glimpse of forbidden eons I have seen.

د منع سویو رمانو یوه کسه چئ ما لیدلئ ده

When I think of what I saw my blood stands still.

کله چئ زه د هغه څه په ارە د فکر کوم چئ ما ولیدل زما ویه ولاره وئ

Restlessness plagues my dreams since that glimpse.

له هغی لیدنی راهیسئ بئ ثبانئ زما خوبونو ته خوروئ

It came to me like all dreaded glimpses of truth.

دا ماته د حقیقت د تولو ویرونکو څپو په خیر راغی

An accidental piecing together of separated things.

د جلا سویو سیانو ناحاینئ یوحای کیدل

An old newspaper item and the notes of a dead professor.

د ورحپانئ یوه زری تونه او د یوه مر پروفیسور یادسوته

In a flash everything was pieced together before me.
په یوه شیبه کې هرحه زما په وراندی سره رانول سول

I hope no one else will accomplish this terrible insight.
ره هیله لرم چې بل حوک به دا ناوره بصیرت ترسره نه کړی

Certainly, if I live, I shall never help anyone to know it.
البه، که ره روندی پائی سم، ره به هیحکله له چا سره مرسه ونه کرم
چې دا پوه ست

I shall never knowingly supply a link in so hideous a chain.
ره به هیحکله په قصدی دول په دومره کرعیرں رنحیر کې لیبک ورنکرم

I think that the professor, too, intended to keep silent.
ره فکر کوم چې پروفیسور هم عوبسل چې چوپ پائی ست

He didn't mean to share the secrets that he knew.
ههه دا نه عوبسل چې ههه رارونه سریک کری چې ههه یئ پوهیده

And I'm sure he would have destroyed his notes.
او ره داده یم چې ههه به حپل یادبسونه له سحه وری وئ

If he had not been seized by sudden and suspicious death.
که ههه د ناحاپن او مسکوک مرک له امله نه وای نیول سوی

****

My knowledge of the thing began in the winter of 1926-27.
زما د دی سی په اره پوهه د ۲۷-۱۹۲۶ کال په رمت کې پیل سوه

My great-uncle was the professor George Gammell Angell.
زما نره پروفیسور جورج کیمل انجیل وو

He was the Professor Emeritus of Semitic languages.
ههه د سامن ربو پروفیسور ایمریس وو

He lectured in Brown University, Providence, Rhode Island.
هعه د رود ناپو په پروویدس کې د براوں پوهسوں کې لکچر ورکر

His death, at the age of ninety-two, triggered the event.
د هعه مریه، په دوه نوی کلی کې، د دی پیسن لامل سوه

He was widely known as an authority on ancient inscriptions.

هغه په پراخه کچه د لرغونو لیکنو د یو عالم په توکه پیزندل کیده

Heads of prominent museums came to him for his expertise.

د مشهورو موزیمونو مسران د هغه د تخصص لپاره هغه ته راتلل

So his death was noticed by.many within academic circles.

نو د هغه مریه په اکادمیکو کریو کی د دیرو خلکو لخوا ولیدل سوه

Interest was intensified by the obscurity of his death.

د هغه د مریی د ناحرکدنیا له امله علاقه نوره هم زیاته سوه

It occurred as he was disembarking from the Newport boat.

دا هغه وخت رامخه سوه کله چی هغه د نیوپورت کښتی ځخه ښکته کیده

Witnesses say a dark nautical-looking fellow had jostled him.

ساهدان واین چی یو تیاره سمدری ښکاریدونکی کس هغه وهلی و

After being stricken, he fell suddenly, witnesses say.

ساهدان واین، له ټپی کېدو وروسه، هغه ناڅاپه ولوید

Physicians were unable to find any visible disorder.

داکتران ونه توانیدل چی کومه ښکاره ناروغی ومومی

After some perplexed debate they reached their conclusion.

د یو حه پیچلی بحث وروسه دوی خپلی پایلی ته ورسیدل

"It must have been a lesion of the heart," they agreed.

"دا باید د زره رحم وی،" دوی ومنله

"After all, he was rather an elderly man," they added.

"په هرصورب، هغه یو زور سری و،" دوی زیاته کره

"the brisk ascent of the steep hill caused his end."

" د غوندی کرندی حمل د هغه د پای د لامل سو"

At the time I saw no reason to dissent from this dictum.

په هغه وخت کی ما د دی خبری سره د مخالفت کولو لپاره هیج دلیل ونه لید

But latterly I am inclined to wonder about their conclusion.

حو په دی وروسیو کئ ره د دوی د پایلئ په اره حیراں یم

And I do more than just wonder if they were right.

او ره د دی ححه ډیر حه لرم چئ ایا دوی سم وو


***


My grand-uncle died alone as a childless widower.

زما نیکه د بئ اولاده کونډه په نوکه یواری مړ سو

And so I became heir and executor to his possessions.

او په دی نوکه ره د هغه د سمهیو وارث او وصی سوم

So I was expected to go over his papers and writings.

نو له ما ححه نمه کیده چئ د هغه معالئ او لیکنئ بیاکښه وکرم

I moved his entire set of files and boxes to my Boston home.

ما د هغه د فایلونو او بکسونو نوله سیب زما په بوسس کور نه ولیږداوه

Much of the materials I collected will later be published.

دیری هغه مواد چئ ما رانول کرئ دی وروسه به حپاره سئ

Many academics in his field took great interest in his work.

د هغه په ساحه کئ دیری اکاډمیکو کسانو د هغه په کار کئ دیره علاقه

درلوده

The American archeological society relied on him greatly.

د امریکا د لرعوپوهنئ نولنئ په هغه دپر نکیه کوله

But there was one box which I found exceedingly puzzling.

حو یوه بکس وه چئ ما دپره حیرانونکئ وموندله

I felt much averse from showing these files to other eyes.

ما د دی فایلونو نورو سرکو نه د ښودلو ححه ډیر کرکه احساس کره

The box had been locked, unlike the other boxes.

صدوق د نورو صیدوقونو برعکس، نرل سوی و

And initially I found no key that would open this box.

او په پیل کئ ما هیح داسئ کیلئ ونه موندله چئ دا بکس حلاص کرئ

But then the location of the key occurred to me.

حو بيا د کيلن موقعيت راته پيدا سو

The professor always carried a keyring in his pocket.

پروفيسور ئل په خپل جيب کئ د کيلن حلقه کرحوله

It was indeed one of these keys that opened the box.

دا په حميقت کئ د دی کيلن کانو حجه يوه وه چئ بکس يئن پرائيست

But in the box was a still more closely locked barrier.

حو په بکس کئ يو لا دير نزدی نرل سوی حد و

What could be the meaning of the queer bas-relief?

د کوير بيس ريليف معنی حه کيدی سئ؟

Various paper cuttings accompanied the bas-relief.

د کاعد محلف قلمونه د بيس ريليف سره مل وو

What did the disjointed jottings and ramblings allude to?

بئ حايه او بئ بسه حبری حه ته اساره کوئ؟

Had my uncle become credulous to superficial impostures?

ايا زما نره په طاهری دروعو باور درلود؟

Perhaps in his later years his criticalness thought slowed.

سايد په وروسيو کلونو کئ د هعه د اسعادئ فکر کچه ورو سئ

Someone had disturbed this old man's peace of mind.

چا د دی زاره سرئ د ذهن سکون کذوذ کری و

And so I resolved to locate the eccentric sculptor.

او له همدی امله ما هوذ وکر چئ هعه عجيب مجسمه جورونکی پيدا کرم

The man who set in motion my uncle's strange obsession.

هعه سری چئ زما د نره عجيب جنون يئن رامينحه کر

***

The bas-relief was roughly shaped like a rectangle.

د بيس ريليف نقريبا د مسطيل په حير سکل درلود

The rectangular shape was less than an inch thick.

مسطيل سکل يئن له يو انج حه کم صحامت درلود

And the bas-relief was about five by six inches in area.

او د بیس ریلیف ساحه ساوحوا پہحه په سپر ایچه وه

It was obvious that the bas-relief was of modern origin.

دا حرکده وه چی د بیس ریلیف اصلن اصل عصری و

The designs, however, were far from modern in atmosphere.

حو، دیرأیـونه په فصا کی له عصری ححه دپر لری وو

The inscriptions suggested a far older civilization.

لیکی د یو دیر رور نمدں وراندیر کوئ

The vagaries of cubism and futurism were many and wild.

د کیوبیرم او فیوچریرم ناحاپن بدلوئونه دپر او وحسن وو

But normally such patterns fail to produce regularity.

حو معمولا دا دول نموئی مطمیب نه سن رامیححه کولی

The cryptic regularity which lurks in prehistoric writing.

هعه مرمور مطمیب چی په ناریحن لیکو کی پب دی

This regularity was certainly present in the bas-relief.

دا مطمیب یعیا په بیس ریلیف کی سوں درلود

I was certain the inscriptions represented a writing system.

ره داده وم چی لیکی د لیکلو سیسم اساریـوب کوئ

I had some familiarity with the papers of my uncle.

ره د حپل نره د کاعدونو سره یو حه بلد وم

And I had looked through all of his collections and works.

او ما د هعه نولی نولکی او انار لیدلن وو

But I failed to find any writing that was similar.

حو ما داسی کومه لیکه ونه موندله چی ورنه وئ

I could not geographically place this alphabet.in any way.

ره په جعرافیایں دول دا الفبا په هیج دول نه سم حای پر حای کولی

Nor could I guess from what time this writing came from.

او نه هم ره انکل کولی سم چی دا لیکه له کوم وحت ححه راعلی ده

Above these apparent hieroglyphics there was a figure.

د دی طاهری هیروکلیمونو پورنه یو سکل و

The figure was evidently only of pictorial intent.

دا انځور په ځرکنده توګه یواړی د انځوریزی موحنئ لپاره و

The impressionism of the picture added to the mystery.

د انځور نانریپ رار نور هم ریاب کر

No clear idea of the creature's nature could be discerned.

د محلوق د طبیعب په اره هیج روسانه نطر نه سو درک کېدای

The creature seemed to be a monster, of some sort.

دا محلوق داسئ سکاریده لکه یو دول سیطاں

Or the symbol represented a monster, of some sort.

یا سمبول د یو دول سیطاں اساریسوب کاوه

Only a diseased mind could conceive of such a form.

یواری یو ناروع دهں د داسئ بئ نصور کولی سئ

My imagination yielded different pictures simultaneously.

رما نحیل په یو وحب کئ محلف انحورونه نولید کرل

But my imagination may also be somewhat extravagant.

حو رما نحیل هم ممکں یو حه عیر معمولئ وئ

An octopus, a dragon, and also a human caricature.

یو اکنوپس، یو اردها، او همداربکه د انساں کاریکانور

I shall try not be unfaithful to the spirit of the thing.

ره به هحه وکرم چئ د سیانو روح نه بئ وفاین ونه کرم

A pulpy, tentacled head surmounted a scaly body.

یو نرم، حیمه لرونکی سر د یو فلج سوئ بدں پر سر و

Rudimentary wings protruded from the grotesque shape.

د دی عجیب سکل ححه لومرئ وررونه راوئلئ وو

But the shape of the monster wasn't even the worst part.

حو د دی بلا سکل نر نولو بده برحه هم نه وه

The background of the picture was even more frightening.

د انحور سالید نور هم داروئکی و

The scenery had a vague suggestion of another civilization.

سطره د بل نمدں یو مبهم وراندیر درلود

Cyclopean architecture from a forgotten part of the world.

د نری.له یوی هپری سوی برحئ ححه د بایسکلوپیں معماری

***

Only some notes and press cuttings accompanied the oddity.
یواځی حینی یادښوںه او د مطبوعاتو ټوټی د دی عجیب والټ سره مل
وی

The press cuttings seemed to be only vaguely related.
داسی ښکاریده چی د مطبوعاتو ټوټی یواړی په مبهم ډول سراو لری

The hand written notes were all from my uncle.
په لاس لیکل سوی یادښوںه ټول زما د تره وو

But his notes made no pretense to any literary style.
خو د هغه یادښوںه د کوم ادبی سایل لپاره هیڅ پلمه نه وه

There was no ordering mechanism to any of the papers.
د هیڅ یوی ورحپانی د ترتیب کولو میکانیرم نه و

Although there seemed to be a master document to the notes.
که حه هم داسی ښکاریده چی یادښوںو ته یو ماسرر سد وی

This document was ascribed to the cult of Cthulhu
دا سد د چہولو فرقی ته مسوب سوی و

The word's letters had been painstakingly written out.
د کلمی ټوری په دېر رحمت سره لیکل سوی وو

There should be no erroneous reading of the unheard of word.
د نه اورېدل سوی کلمی غلط لوسل باید نه وی

This Cthulhu manuscript was divided into two sections;
دا د چہولو لاسوںد په دوو برحو ویسل سوی و؛

The first manuscript was titled the following:
د لومری ښحی سرلیک په لاندی ډول وو:

"1925 - Dream and Dream Work of H. A. Wilcox"
"۱۹۲۵ - د HA ویلکاکس حوب او حوب کار"

"7 Thomas St., Providence, Road Island".

"۷ توماس سرک، پروویدس، رود ناپو"

And the second manuscript was titled the following:

او دوهم لاسوند په لاندی دول سرلیک درلود:

"Narrative of Inspector John R. Legrasse"

" د انسپکټر جان آر لیګراسئ کیسه"

"121 Bienville St., New Orleans, 1908 Meetings."

"۱۲۱ بیبویل سرک، نیو اورلیس، د ۱۹۰۸ غوندی"

"Notes on Same, & Prof. Webb's account of events"

" د ورنه په اره یادښونه، او د پروفیسور ویب د پیسو حساب"

The other manuscript papers were all brief notes.

نور لاسوندونه ټول لند یادښونه وو

Some manuscripts described the queer dreams of different persons.

حیڼو لاسوندونو د مختلفو اسحاصو عجیب حوبونه بیاں کری دی

Some manuscripts cited from theosophical books and magazines.

حیڼی لاسوندونه د نیوسوفیک کتابونو او مجلو ححه احیسل سوئ دی

Notably, most of these citations were from W. Scott-Eliott.

د پام ور خبره دا ده چئ دیری دا حوالئ د دبلیو سکاب-ایلیب ححه وی

Mainly the notes referenced Atlantis and the Lost Lemuria.

په عمده نوکه یادښونه د اتلاسیس او ورک سوئ لیموریا حواله کوی

The other notes commented on long-surviving secret societies.

نورو یادښونو د اوږدی مودی روندیو پټو ټولنو په اره نبصره وکره

Hidden cults that may or may not still exist somewhere..

پټ مذهبی فرقئ چئ ممکن لاهم په کوم حای کئ سوں ولری یا نه وی

Two books seemed to provide most of the information;

داسئ ښکاربده چئ دوه کتابونه دبر معلومات چمبو کوئ؛

Miss Murray's Witch-Cult in Western Europe.

په لویدیحه اروپا کئ د میرمن موری جادوکره

This book thoroughly detailed Mythological sources.

په دی کتاب کئ د افسانوئ سرچینو په اړه په بسپړه توګه توصیحات ورکرل سوئ دی

And Frazer's Golden Bough provided anthropological sources.

او د فریرر ګولدن بو د بشرپوهنئ سرچینئ چمتو کړی

***

The cuttings largely alluded to outré mental illnesses.

قلمی په لویه کچه د روانی ناروغیو ځخه د محیبوئ لپاره اشاره کړی وه

Outbreaks of group folly and mania in the spring of 1925.

د ۱۹۲۵ کال په پسرلئ کئ د دله ټیر حماقت او لیوسوب حپرہدل

The first half of the manuscript told a very peculiar tale.

د نسخئ لومړی برحه یوه ډیره عجیبه کیسه بیانوئ

1925, the 1st of March, a thin dark young man came to my uncle.

د ۱۹۲۵ کال د مارچ په لومړی نپه، یو نری تیاره حوان ږما نره ته راغی

The manuscript describes his neurotic and excited aspect.

په لاسوند کئ د هغه عصبی او جوس سوی ارح بیاں سوی دی

And he bore with him the strange bas-relief.

او هغه د هغه عجیبه بیس ریلیف سره رعملی و

At that time the bas-relief was exceedingly damp and fresh.

په هغه وحت کئ د بیس ریلیف ډیر لوند او ناره و

His card bore the name of Henry Anthony Wilcox.

د هغه په کارت کئ د هیری انتونی ویلکوکس نوم لیکل سوی و

And my uncle had slightly recognized who he was.

او ږما نره لږ حه پیربدلی و چئ هغه حوک و

He was the youngest son of an excellent family.

هغه د یوی عوره کورنئ تر نولو کوچنی روی و

Latterly he had been studying sculpture at Rhode Island.

په وروسیو کئ هعه په رود ناپو کئ د مجسمئ ردہ کرہ کولہ

He lived alone at the Fleur-de-Lys Building.

هعه یواری په فلور-دئ-لیس ودائ کئ روند کاوه

His residences were near the university.

د هعه اسوکنحایونه پوهسوں ته نزدی وو

Wilcox was a precocious youth of known genius.

ویلکاکس یو پیرندل سوی نابغه حواں و

But he was also known for his great eccentricity.

حو هعه د حپل لوی عجیب مراج لپاره هم پیرندل کیده

From childhood he had excited the attention of others.

له ماسومسوبه یئ د نورو پام حانه را ارولی و

He told of strange stories no one had told him about.

هعه د هعو عجیبو کیسو په اره حبری کولئ چئ هیچا ورنه نه وی ویلن

And he was in the habit of relating strange dreams.

او هعه د عجیبو حوبونو د بیانولو عادت درلود

He described himself as "psychically hypersensitive".

هعه حاں "له روانئ پلوه دیر حساس" وباله

But those around him had other descriptions for him.

حو د هعه ساوحوا حلکو د هعه لپاره نور وصاحنونه درلودل

They were staid folk of the ancient commercial city.

دوی د لرغونئ سوداکریر سار پائ حلک وو

And they dismissed him as merely strange and "queer".

او دوی هعه یواری د عجیب او "عجیب" په نوکه رد کر

And so he never mingled much with his kind.

او له همدی امله هعه هیحکله د حپل دول سره دیر نه کدیده

And he had dropped gradually from social visibility.

او هعه په ندریجن دول له نولیر لید ححه نکه سوی و

Now he is known only to a small group of esthetes.

اوس هعه یواری د سکلا پوهانو یوی کوچئ دلئ نه پیرندل کینئ

And those who knew him came mostly from other towns.

او هعه کساں چئ هعه یئ پیرندل دیری یئ د نورو نارونو ححه وو

Even the Providence art club had found him quite hopeless.

حتی د پروویدس هنر کلب هغه حورا با امید موندلی و

Of course they were anxious to preserve their conservatism.

البته دوی د خپل محافظه کاری د ساتلو لپاره اندیښمن وو

***

The professor's manuscript continued to describe the visit.

د پروفیسور لاسوند د دی لیدنی نسریح ته دوام ورکر

The sculptor abruptly asked for his host's archeological knowledge.

مجسمه جوړونکی ناحاپه د خپل کوربه د لرعویپوهنی پوهه وغوښله

He wanted him to identify the hieroglyphics on the bas-relief.

هغه غوښتل چی هغه په بیس ریلیف باندی هیروکلیفونه وپیرنی

He spoke in a dreamy and rather stilted manner.

هغه په حوابدی او یو حه په ییب اندار کی حبری وکری

His speech suggested pose and alienated sympathy.

د هغه ویپا د حاں پودنی او بی حایه حواحورنی وراندیر وکر

And my uncle showed some sharpness in his reply.

او زما تره په حپل حواب کی یو حه چنکپیا وپوده

Because the bas-relief was still conspicuously freshness.

ځکه چی د باس ریلیف لا هم په حرکتده ټوکه ناره و

So there was no need for any kinship with archeology.

نو د لرعویپوهنی سره د کومی اریکی ارتیا نه وه

Young Wilcox's rejoinder was of a fantastically poetic cast.

د حوان ویلکوکس حواب د یوی حیالی ساعرانه دلی ححه و

My uncle must have been impressed with the reply.

زما تره به ضرور د حواب ححه متاثره سوی وی

And he recorded the reply of Wilcox verbatim.

او هغه د ویلکوکس حواب په لفطن دول بب کر

"The bas-relief is indeed still conspicuously fresh."

"د بیس ریلیف په حقیقت کښی لاهم په حرکت دول ناره دی"

"Because I made this bas-relief last night, after a dream."

"ھکه چی ما دا مجسمه پرھ سپه د حوب له لیدلو وروسته جوره کره"

"A dream of strange cities and stranger people."

"د نا اسا ښارونو او نا اسا خلکو حوب"

"And dreams are older than brooding Tyros."

"او حوبونه د نایروس د فکر کولو ححه راره دئ"

"Dreams are older than the contemplative Sphinx."

"حوبونه د فکر کوونکی سپنکس ححه راره دئ"

"And dreams are older than the garden-girdled Babylon."

"او حوبونه د باغ په محراب کی پوښل سوئ بابل ححه راره دئ"

This type of speech turned out to be characteristic of him.

دا دول ویبا د ھغه حانکړیا سوه

It was then that he began that rambling tale.

دا ھغه وحت و چی ھغه دا بی معنی کیسه پیل کره

The tale which suddenly played upon a sleeping memory.

ھغه کیسه چی ناحاپه یئ په یوه ویده حاطرہ کی راښکاره سوه

The tale that won the fevered interest of my uncle.

ھغه کیسه چی زما د ترہ دیرہ علاقه یئ وکله

***


There had been a slight earthquake tremor the night before.

پرھ سپه د رلرلی یوه کوچی نکاونه محسوس سوئ وو

The most considerable tremor New England had felt for
some years.

تر ټولو قوی زلزله چی په څو کلونو کی نیو انکلیند احساس کری وه

Wilcox's imagination had been keenly affected by the
earthquake.

د ویلکوکس تخیل د رلرلئ له امله په ژوره توکه اعیزرم سوی و

He had had an unprecedented dream of great Cyclopean
cities.

هغه د لویو بایسکلوپیں ښارونو یو بئ ساری حوب لیدلی و

He dreamed of Titan blocks and sky-flung monoliths.

هغه د نایپاں بلاکونو او اسماں ﻧﻪ پورته کېدونکو مونولیـبـونو حوبونه
لیدل

All the architecture was dripping with green ooze.

نول معماری د سه اوبو حاحکن وه

And his dreams were sinister with latent horror.

او د هغه حوبونه د پب وحسب سره حطرناک وو

Hieroglyphics had covered the walls and pillars.

هیروگلیفونه دیوالونه او سـىئ پوسـلئ وی

From somewhere underneath there came a sound…

له کوم حای حـحه لاندی عز راغی

The sound was of a voice, but it was not a voice.

عز د عز و، حو دا عز نه و

A chaotic sensation which only fancy could transmute into
sound.

یو کدود احساس چئ یواری تصور کولی شئ په عز بدل سئ

He attempted to say the almost unpronounceable word.

هغه هحه وکره چئ هغه کلمه ووایی چئ تقریبا ناحرکده وه

A jumble of unlikely letters; "Cthulhu fhtagn".

د ناحرکدو نورو یوه نولکه؛ "چـولهو فـاکں

This verbal jumble was the key to my uncle's recollection.

دا لفطن کدودئ رما د ترﻪ د یادولو کیلن وه

This strange sound excited and disturbed Professor Angell.

دی عجیب عز پروفیسور انجیل په رره پوری او کدود کر

He questioned the sculptor with scientific minuteness.

هغه له مجسمه جورونکن حـحه په علمن دقـب سره پوښـسه وکره

He studied the bas-relief with almost frantic intensity.

هغه د بیس ریلیف تقریبا په لیوسوب سدب سره مطالعه کړ

My uncle blamed his old age, Wilcox afterward said.
ویلکوکس وروسه وویل، زما نره خپل زروالی ملامب کړ

In his younger days he would have recognized the hieroglyphics.
په ځوانۍ کښ به یئ هیروکلیفونه پیژندل

The pictorial design wouldn't have puzzled his sharper mind.
د انحورير ډیزاین به د هغه تیز دهس حیران نه کړی

Many of his questions seemed highly out of place to his visitor.
د هغه ډیری پوښستی د هغه لیدونکت ته ډیری بی حایه ښکارېدی

He tried to connect him to strange mythological cults.
هغه هحه وکړه چئ هغه د عجیبو افسانوئ فرقو سره وصل کړی

He tried to get him to admit affiliation to secret societies.
هغه هحه وکړه چئ هغه دی ته وهحوئ چئ د پټو ټولو سره تراو ومنی

My uncle even promised to keep his visitor's secret.
زما نره حبی رمه کړی وه چئ د خپل میلمه رار به سانئ

"Are you not part of a widespread mystical group?"
"ایا نه د یوی پراحئ عرفانئ دلئ برحه نه یئ؟"

"Are you not a member of a paganly religious body?"
"ایا نه د یوی کافرئ مدهبئ دلئ عری نه یئ؟"

Eventually he became convinced the sculptor wasn't a member.
بالاحره هغه قانع سو چئ مجسمه جوړونکی عری نه و

He was indeed ignorant of any cult or system of cryptic lore.
هغه په حقیف کئ د کوم پب دود یا سیسم حجه ناحبره و

He besieged his visitor with demands for future reports of dreams.
هغه خپل لیدونکی د حوبونو د راپلونکو راپورونو غوښتنئ سره محاصره کړ

This strange request bore regular and interesting fruit.

دی عجیبئ غوښتنی مطمئن او په رره پوری پایلئ ورکړی

***

After the first interview the manuscript records daily calls.

د لومړی مرکئ وروسه، په لاسوند کئ ورحنی ریکوونه ببب سوئ دی

He related startling fragments of nocturnal imagery.

هعه د سپئ د انحورونو حیرانوونکئ ټوټئ سره نراو ورکړ

There were always the same themes in his dreams.

د هعه په حوبونو کئ تل ورنه موصوعاب وو

A terrible Cyclopean vista of dark and dripping stone.

د ناره او حاحکئ دبری یوه وحساکه سایکلوپیں منطره

A subterranean voice or intelligence shouting
monotonously.

د حمکئ لاندی غږ یا هوسیارنیا چئ په یو ارخیره ټوکه چیعئ وهئ

Two sounds seemed to repeat themselves in his dreams. .

دوه غږونه داسئ ښکاربدل چئ په حوبونو کئ یئ ټکراربدل

But these sounds were as enigmatic as the other sounds. .

حو دا غږونه د نورو غږونو په حبر مرمور وو

The sounds can only be rendered by the letters "Cthulhu"
and "R'lyeh".

غږونه یواری د "چټولهو" او "رلیه" نورو لحوا بیاں کیدی سئ

On March 23rd, the manuscript continued, Wilcox failed to
come.

د مارچ په ۲۳مه، لاسوند دوام وکړ، ویلکوکس ونه توانبد چئ راسئ

My uncle made inquiries at the quarters of his whereabouts.

زما نره د حپل حای په کوبه کئ پوښسئ وکړی

That night he had been stricken with an obscure sort of
fever.

هعه سپه هعه په یو دول ناحرکبده تبه احنه سوی و

And he was taken to the home of his family in Waterman Street.

او هغه د واترمن سرک کښ د هغه د کورنۍ کور ته یورل سو

That night he had cried out in one of his dreams.

هغه سپه هغه په خپل یوه حوب کښ چیغئ وهلئ وی

His cries aroused several other artists in the building.

د هغه ژړا په ودانۍ کښ حو نور هرمندان راویښ کړل

And he was between alternations of unconsciousness and delirium.

او هغه د بئ هوشۍ او سرکردانۍ د بدلونونو ترمنځ و

My uncle at once telephoned the family of Wilcox.

زما تره سمدلاسه د ویلکوکس کورنۍ ته ټیلیفون وکړ

And from that time forward he kept close watch of the case.

او له هغه وحه وروسته هغه د قصیې نزدی څارنه کوله

He called often at the Thayer Street office of Dr. Tobey.

هغه به ډیر ځله د داکټر توبئ د تایر سریت دفتر ته رنګ وهلو

Dr. Tobey was in charge of the patient's condition.

داکټر توبئ د ناروغ د حالت مسول و

The youth's febrile mind was dwelling on strange things.

د ځوان نبه لرونکی دهن په عجیبو سیانو کښ بوحت و

The doctor shuddered now and then as he spoke of the dreams.

داکټر کله ناکله د حوبونو په اړه حبری کولئ نو لررېده

The dreams repeated a lot of the earlier themes.

حوبونو ډیری پخوانۍ موضوعګانۍ نکرار کړی

But now his dreams made mention of something new.

حو اوس د هغه حوبونو د یو نوی سن یادونه وکړه

A gigantic thing "a miles high" which walked, or lumbered about.

یو لوی سی "یو میل لوړ" چئ ګرحېده، یا ګرحېده

He at no time fully described this object in any detail.

هغه هیڅکله دا موضوع په بسپر ډول په تفصیل سره نه ده بیان کړی

But Dr. Tobey relayed the frantic words of his patient.

خو داکتر توبی د خپل ناروغ د عوسی خبری بیان کړی

And the professor became increasingly certain of what it was.

او پروفیسور په زیاتیدونکی توګه د دی په اړه ډاډه شو چی دا څه وو

The nameless monstrosity he had sought to depict in his sculpture.

هغه بئ نومه وحشت چی هغه یئ په خپله مجسمه کی د انځورولو هڅه کړی وه

The doctor had mentioned the bas-relief he had made.

داکتر د هغه بیس ریلیف یادونه کړی وه چی هغه جوړه کړی وه

This mention preludes the young man's subsidence into lethargy.

دا دکر د حوان سری د سستی په لور د کمیدو وراندیر کوی

His temperature, oddly enough, was not greatly above normal.

په عجیبه توګه، د هغه تودوخه له نورمال څخه ډیره لوړه نه وه

But his general condition suggested he was in a fever.

خو د هغه عمومی حالت ښیین چی هغه تبه لری

A fever, as opposed to being in the grasp of a mental disorder.

تبه، د روانی اختلالاتو په نیولو کی د نه سون برعکس

***

On April 2nd at about 3 p.m. the fever came to an end.

د اپریل په دویمه نیمه د ماسپښین ساوحوا دری بجی تبه خنمه سوه

Every trace of Wilcox's malady suddenly ceased.

د ویلکوکس د ناروغی هر ډول نښی ناڅاپه ورکی سوی

He sat upright in bed as if waking up from regular sleep.

هغه په بسر کئ داسئ ناسب و لکه له عادی حوب ححه چئ راویس
سوی وئ

He was astonished to find himself at his parents' home.
هغه حیراں سو چئ حاں یئ د حپل مور او پلار په کور کئ وموند

And he was completely ignorant of what had happened.
او هغه په بسپره ټوکه د هغه حه ححه بئ حبره و چئ پیس سوئ وو

Neither dream nor reality had made an impression on his
mind.
نه حوب او نه حقیقت د هغه په ذهں باندی کوم ټاںیر کری و

Dr. Tobey pronounced him fit to be dismissed from his care.
 داکټر ټوبئ هغه د حپلئ پاملرنئ ححه د کوسه کولو لپاره ماسب اعلاں
کر

And he returned to his quarters three days later.
او هغه دری ورحئ وروسه حپل کور نه راسوں سو

But to Professor Angell he was of no further assistance.
حو د پروفیسور انجیل لپاره هغه ټوره مرسه نه کوله

All traces of strange dreaming had vanished with his
recovery.
د هغه د رغېدو سره د عجیب حوبونو ټولئ نسئ ورکئ سوئ

For a week he recounted irrelevant and thoroughly usual
visions.
د یوی اونئ لپاره هغه غیر اروندہ او په بسپره ټوکه عادئ لیدونه بیاں
کرل

And my uncle kept no further record of his night-thoughts.
او رما ترہ د سپئ د فکرونو نور ریکارد نه درلود

At this point the first part of the manuscript ended.
په دی وحت کئ د لاسوند لومری برحه پای نه ورسېده

But my research was still anything but concluded.
حو رما حبرہ لا هم بئ پایلئ وه

References to scattered notes helped piece things together.
د پرنو یادښسونو حوالئ د سیانو سره د یوحای کولو کئ مرسه وکره

And there was more than enough material for thought.

او د فکر کولو لپاره له کافی ححه دیر مواد وو

My distrust of the artist had still not subsided.

زما د هرمسد په اره بی باوری لا هم کمه سوی نه وه

But this was largely a result of my ingrained skepticism.

خو دا نر دپره حده زما د رورو سکونو پایله وه

The notes described the dreams of various persons.

په یادسونو کی د محلفو اسحاصو حوبونه بیاں سوی وو

These dreams all occurred while young Wilcox was in his
fever.

دا نول حوبونه هعه وحت وسول کله چی حواں ویلکوکس په نبه کی و

My uncle, it seems, wasted no time in collecting the data.

داسی بنکاری چی زما نره د معلومانو په رانولولو کی هیج وحت صایع نه
کر

He had quickly instituted a prodigiously far-flung body of
inquiries.

هعه په چنکی سره د پوسسو یوه دپره پراحه دله جوره کره

Any friend that didn't show impertinence he questioned.

هر هعه ملکری چی بی پروا نه وی سودلی، هعه یی پوسسه وکره

He requested from them nightly reports of their dreams.

هعه له هعوی ححه د سپی د حوبونو راپورونه وعوسل

And he asked if they had had any notable visions of late.

او هعه وپوسل چی ایا دوی په دی وروسیو کی کوم د پام ور لیدونه
لیدلی دی

The reception of his request seems to have been varied.

داسی بنکاری چی د هعه د عوسسی هرکلی محلف و

But there was certainly no shortage in replies.

خو په حوابونو کی یمیا هیج کمسب نه و

No ordinary man could have handled the replies alone.

هیج عادی سری په یواری حاں حوابونه نه سن ورکولی

The original correspondences were not preserved.

اصلی لیکنئ جوندی نه وی

**But his notes formed a thorough and significant digest.**

حو د هغه یادښتونو یوه بشپره او مهمه لنده کښه جوړه کړه

***

**Initially he had approached average people in society.**

په پیل کئ هغه د ټولنئ له اوسطو حلکو سره اړیکه نیولئ وه

**New England's traditional "salt of the earth".**

د نیو انګلستان دودیر "د حمکئ مالکه"

**But this group gave an almost completely negative result.**

حو دی دلئ نعریبا په بشپره نوکه منفی پایله ورکړه

**Though there were some exceptions to this group too.**

که حه هم په دی دله کئ حینئ اسښاوی هم وی

**Scattered cases of uneasy but formless nocturnal impressions.**

د با آرامه حو بئ سکله سپئ د بایرانو حپری سوی قصینئ

**Their reports were always between March 23rd and April 2nd.**

د دوی راپورونه بل د مارچ د ۲۳مئ او اپریل د دوهمئ نیئ نرمنح وو

**This aligned with the same period of young Wilcox's delirium.**

دا د حوان ویلکوکس د دیلیریم د ورنه دوری سره سموں لرئ

**Men of science had been only a little more affected.**

د سایس میه وال یواری یو حه دیر اعیرمں سوئ وو

**Though four cases of vague description were of interest.**

که حه هم د مبهم وصاحب حلور قصینئ په رره پوری وی

**They had had fugitive glimpses of strange landscapes.**

دوی د عجیبو مطرو باحاپن لیدونه درلودل

**And in one case a dread of something abnormal was mentioned.**

او په یوه قصیه کی د یو غیر معمولی سی ویره یادونه سوی وه

It was from the artists and poets that the pertinent answers came.

دا د هرمندانو او ساعرانو ححه وو چی اروښده حوابونه راعلل

It is a blessing no one had been able to compare notes.

دا یو نعمت دی چی هیحوک یئ د نوتونو پرتله کولو نواں نه درلود

Panic would have broken loose had they shared their visions.

که دوی حپل لیدونه سریک کری وای، نو ویره به له منحه تللئ وای

This, however, did not dispel my ingrained skepticism.

حو، دی کار رما رور سکونه لری نه کرل

Others might have come to mythical conclusions much quicker.

نور ممکں دپر رر افسانوی پایلو نه رسیدلی وی

But the original letters were lacking from the notes.

حو په یادښونو کئ اصلی لیکونه نه وو

I half suspected the compiler of having asked leading questions.

ما نیمایں سک درلود چئ نالیف کوونکی محکښئ پوښسئ پوښسلی دی

Or perhaps the correspondences weren't entirely original.

یا ساید اریکئ په بښپره نوکه اصلی نه وی

Perhaps my uncle had resolved to confirm Wilcox's dreams.

ساید رما نره هود کری وئ چئ د ویلکوکس حوبونه ناییید کری

That is why I continued to feel suspicious of the sculptor.

له همدی آمله ما د مجسمه جورونکی په اره سکم احساس کاوه

Perhaps he was still cognizant of my uncle's old data.

ساید هغه لا هم رما د نره د ررو معلوماتو ححه حبر و

Perhaps he had been imposing on the veteran scientist.

ساید هغه په دی نجربه لرونکی سایس پوه باندی مسلط کری و

Nonetheless, the corroborating data had to be investigated.

سره له دی، ناییدونکی معلومات باید وحپرل سن

***

The responses from the esthetes told a disturbing tale.
د ښکلا پوهانو حوابونو یوه حورونکٰی کیسه بیاں کره

From February 28th to April 2nd their dreams aligned.
د فبروری له ۲۸مٰی ححه د اپریل تر دوهمٰی پوری د دوی حوبونه سره یو
حای سول

And a large proportion of them had dreamed very bizarre
things.
او د دوی یوه لویه برحه دٰیر عجیب او عریب حوبونه لیدلٰی وو

The timing of the intensity of their dreams was also of
interest.
د دوی د حوبونو د سدت وحت هم د پام ور و

The period of the sculptor's delirium marked a highpoint.
د مجسمه جورونکٰی د سرکردانی دوره یوه لوره نفطه وه

The intensity of their dreams were immeasurably the
stronger.
د دوی د حوبونو سدت په بٰی ساری دول فوی وو

Over a quarter reported unfamiliar and unpronounceable
sounds.
له حلورمٰی برحٰی ححه ریانو نا اسنا او نه تلفظ کٰدونکٰی عرونه راپور
کرل

Noises not dissimilar to what Wilcox had also described.
عرونه د هغه حه سره نوپیر نلری چٰی ویلکوکس یٰی هم تسریح کرٰی وو

Some described highly elaborate and impossible
architecture.
حینو یٰی حورا پیچلٰی او ناممکٰن معماری تسریح کرٰی

And some of the dreamers confessed to an acute fear.
او حینو حوب لیدونکو د یوی سحتٰی ویری اعتراف وکر

Like Wilcox, they had seen some gigantic nameless thing.

د ویلکوکس په خبر، دوی یو لوی بئ نومه سی لیدلی و

One case, which the note describes with emphasis, was very sad.

یوه قضیه، چی یادست یئ په ټینکار سره بیانوئ، ډیره خواشینونکی وه

The subject was a widely known architect of the region.

موضوع د سیمی یو مسهور معمار و

He too had leanings toward theosophy and occultism.

هغه هم د ثیوسوفی او غیب پهرندنی په لور نمایل درلود

This man went violently insane on March the 22nd.

دا سری د مارچ په ۲۲مه په دبر سحب لیوی سو

The exact same date of young Wilcox's seizure.

د ځوان ویلکوکس د ببولو دفیفا ورنه نیه

He expired several months later, after incessant screaming.

هغه حو میاسئ وروسه، د پرله پسی چیغو وروسه مر سو

He begged to be saved from some escaped denizen of hell.

هغه د دورح له حیبو نسبدلو کسانو ححه د رغوربئ غوبسه وکړه

Regrettably, my uncle did not refer to these cases by name.

له بده مرغه، زما نره د دی قصیو نوم نه دی یاد کړی

Instead, all studies were given nothing more than a number.

پرحای یئ، نولو مطالعانو نه یواری یو سمیر ورکرل سوی و

This way I was limited in attempting any personal investigation.

په دی نوکه زه د هر ډول سخصی پلسی ححه کولو کئ محدود وم

And corroborating the evidence further was demanding.

او د سواهدو نور نایید کول حورا سونرمر وو

But finally I did succeed in tracing down some cases.

حو بالاحره زه د حینو قصیو په موندلو کئ بریالی سوم

I should have trusted the notes from my uncle.

زه باید د حپل نره په یادښنونو باور کړی وای

They reported their dreams true to their reports.

دوی حپل حوبونه په حپلو راپورونو کئ رښیا کرل

I have often wondered what they thought the questioning meant.

ما ډیری وحب فکر کاوه چئ دوی د پوسښئ کولو معسی حه فکر کوئ

It is for the best that no explanation shall ever reach them..

دا غوره ده چئ هیج وصاحب دوی ته و نه رسیزئ


***


As I have mentioned, my uncle also collected press clippings.

لکه څنګه چئ ما یادونه وکړه، زما نره هم د مطبوعاتو کلپونه رانولول

These press clippings corresponded to the dates in question.

دا مطبوعاتی نوښ د پوسښئ ښیښئ سره سموں لرئ

The sources were scattered throughout the globe.

سرچیسئ په نوله نری کئ حپری سوی وی

Professor Angell must have employed a cutting bureau.

پروفیسور انجیل باید د پری کولو دفتر اسحدام کری وئ

Because the number of extracts was tremendous.

حکه چئ د اسحراجونو سمبر دبر ریاب وو

There was a parallel to this part of his research.

د هغه د حبرئ دی برحئ سره یو موارئ والی وو

Cases of panic, mania, and eccentricity.

د ویری، لیوسوب، او عیر معمولن حالب فصیئ

One case was a nocturnal suicide in London.

یوه قصیه په لدں کئ د سپئ حاں ورنه وه

A lone sleeper had leaped from a window after a shocking cry.

یو یواریسی ویده کس د یوی حیرانونکی چیعئ وروسه له کرکی ححه ټوپ کر

A rambling letter to the editor of a paper in South America.

په جوبئ امریکا کئ د یوی ورحپائئ مدیر ته یو بئ حودده لیک

A fanatic deduces a dire future from visions he had had.

یو متعصب د خپلو لیدل سویو لیدونو حخه یو بد راتلونکی انکل کوی

A dispatch from California describes a theosophist colony.

د کالیفورنیا حخه یوه لیکه د نیوسوفیسانو د یوی مستعمری په اره

معلوماب ورکوی

They donned white robes en masse for some "glorious fulfilment".

دوی د یو حه "شاندار تکمیل" لپاره په دله ایره نوکه سپینی جامی

اعوسی وی

Although that "glorious fulfilment" never arose.

که حه هم هغه "لوی لاسه راورنه" هیحکله راپورنه نه سوه

There seems to be serious unrest from the natives in India.

داسی ښکاری چی په هند کی د اصلی اوسیدونکو له خوا جدی ناکراری

سوں لری

Voodoo orgies multiplied in Haiti.

په هایتی کی د وودو اورکیرونه زیاب سول

African outposts report ominous mutterings.

افریقایین پوسی د بدمرعه عزوونو راپور ورکوی

American officers in the Philippines find certain tribes bothersome.

په فیلیپین کی امریکایین افسران حینی قبیلی حورونکی کی

New York policemen are mobbed by hysterical Levantines.

د نیویارک پولیس د لیوسیں په نوم د لیوسیں په ویره کی رانول سوی دی

This occurred exactly on the night of March 22-23.

دا په سمه نوکه د مارچ د ۲۲-۲۳ په سپه رامحنه سوه

The west of Ireland, too, was full of wild rumor and legendry.

د آیرلیند لویدیح هم له وحسن اوارو او افسانو دک و

A fantastic painter named Ardois-Bonnot made the news in France.

په فرانسه کئ د ارديس-بونوٹ په نوم يو ټکزه انځوركر خبرونه ځپاره کرل

He hung a blasphemous dream landscape in the Paris spring salon.

هغه د پاريس د پسرلن په سالوں کئ د سپکاوئ ډک حوب مطره حروله

The recorded troubles in insane asylums were immeasurable.

په لېوسويو کئ نبت سوئ سپوری بئ سمپره وی

A miracle must have kept the medical fraternities unsuspecting.

يوئ معجزی بايد طبن نولنئ بئ له سکه سائلن وئ

But they never noted the strange parallelisms of the cases.

حو دوی هيحکله د فصيو عجيب مواری والی ونه ليد

Else they too would have come to mystified conclusions.

که نه نو دوی به هم په په پايلو نه رسيدلن وای

I must confess these were indeed a set of weird paper cuttings.

ره بايد اعتراف وکرم چئ دا په حقيقت کئ د کاغذ د عجيبو قلمو يوه نولکه وه

My uncle had put forward a convincing argument.

زما نره يو قانع کوونکی دليل وراندی کری و

I can't explain how I set the evidence aside.

ره نسم نسريح کولی چئ حنکه ما سواهد يوئ حوا نه کرل

But my callous rationalism took the upper hand.

حو زما بئ رحمه عقلانيت غالب سو

And I was still suspicious of the young sculptor, Wilcox.

او زه لا هم د حواں مجسمه جورونکن، ويلکاکس په اره سکمن وم

He must have known of the older matters mentioned by the professor.

هغه بايد د پروفيسور لحوا دکر سوئ زرو مسلو ححه حبر وی

## The Tale of Inspecter Legrasse
د اسپکټر لیګرس کیسه


Let me turn your attention away from the young sculptor.
اجازه راکړی چې ساسو پام له حوان مجسمه جورونکی ححه واروم

And let us focus on the second half of the manuscript.
او راحی چی د لاسوند په دوهمه نیمایی نمرکز وکرو

A few dreams alone would not have been so significant.
یواری یو حو حوبوبه به دومره مهم نه وو

The bas-relief could have been dismissed as a hoax.
دا بیس ریلیف د یوی دوکی په ټوکه رد کپدای سو

But my uncle had previously been primed to take interest.
حو رما نره پحوا د علافی احیسلو لپاره چمو وو

Wilcox's dream seemed to have a link to past events.
د ویلکوکس حوب داسی ښکاریده چی د نیرو پیښو سره اریکه لری

It wasn't the first time that he had heard that word.
دا لومری حل نه و چی ههه دا کلمه اوربدلی وه

The ominous syllables perhaps written as "Cthulhu".
ههه بدمرعه نکن ساید د "چہولهو" په نوم لیکل سوی وی

He had seen and heard of similar descriptions before.
ههه محکی هم ورنه نوصیحاب لیدلن او اوریدلن وو

The hellish outlines of the nameless monstrosity.
د بی نومه وحسب دورحن بی

He had previously puzzled over the same hieroglyphics.
ههه پحوا د ورنه هیروکلیڤونو په اره حیراں و

All this produced a horrible connection of events.
دی نولو د پیښو یو وحسـاکه اریکه رامینحمه کره

It is no wonder he pursued young Wilcox with queries.
دا د حیرانیا حبره نه ده چی ههه حواں ویلکوکس د پوښسو سره نعیب
کړ

And we must not be surprised he interrogated Wilcox so.

او موږ باید حیران نه سو چی ھغه له ویلکوکس ححه داسی پوښتنی
وکړی

This earlier experience had come in the year of 1908.
دا پخوانی تجربه په ۱۹۰۸ کال کی راغلی وه

Seventeen years before Wilcox came to my great-uncle.
اوولس کاله محکی له دی چی ویلکوکس زما د نره کور ته راسی

The archeological society were meeting in St. Louis.
د لرغونپوهنی ټولنه په سینټ لویس کی غونډه کوله

Professor Angell had a prominent part in the deliberations.
پروفیسور انجیل په بحثونو کی مهم رول درلود

His responsibilities befitted one of his authority.
د ھغه مسولیتونه د ھغه د یو واک سره سم وو

He was one of the first to be approached by several
outsiders.
ھغه یو له ھغو لومړیو کسانو ححه و چی حو بهرنیانو ورسره اړیکه
ونیوله

They took advantage of the convocation to offer questions.
دوی د غونډی ححه ګټه پورته کره ترحو پوښتنی وراندی کړی

They hoped for correct answering from an expert.
دوی د یو متخصص ححه د سم حواب هیله درلوده

They each had very peculiar types of problems.
دوی هر یو ډیر حانګړی ډول ستونزی درلودی

And they required very different types of solutions.
او دوی د حل لارو ډیر محتلف دولونو ته اړیا درلوده

The chief of these was a common-looking middle-aged man.
د دی مشر یو عام ښکاری منحنی عمر لرونکی سری و

And he quickly became the meeting's focus of interest.
او ھغه ډیر زر د غونډی د پاملرنی مرکز سو


***

He had traveled to St. Louis all the way from New Orleans.

هغه له نیو اورلینز حخه سینٹ لویس نه سفر کړی و

He had come to the meeting for special information.

هغه غوندی نه د حانکرو معلومانو لپاره راغلی و

Knowledge that could not be unobtained from local source.

هغه پوهه چئ د حایی سرچینو حخه نسئ ترلاسه کیدی

His name was John Raymond Legrasse, police inspector.

د هغه نوم جان ریموند لیکراسئ وو، د پولیسو اسپکټر

He bore with him the mysterious subject of his inquiries.

هغه د خپلو پوښتنو مرمور موصوع له حانه سره سانلئ وه

A grotesque and apparently very ancient stone statuette.

یوه عجیبه او طاهرا دپره لرغونئ دبره مجسمه

A statuette whose origin no one had been able to determine.

یوه مجسمه چئ اصلیت یئ هیحوک نه سو ناکلی

But don't assume Inspector Legrasse was an archeologist.

خو داسئ مه انسپکتر لیکراسئ یو لرغونپوه و

He had very little interest in archeology, nor mythology.

هغه په لرغونپوهنه او نه هم په افسانه کئ دپره کمه علاقه درلوده

His wish for enlightenment had rather different
motivations.

د روښانیا لپاره د هغه هیلئ محنلفئ انګیزی درلودی

He was prompted to come by purely professional
considerations.

هغه د یواړی مسلکن ملاحطانو له محئ د رانلو لپاره وهحول سو

The statuette had been captured as part of a police raid.

دا مجسمه د پولیسو د چاپئ په نرح کئ نیول سوی وه

Although whether it was even a statuette wasn't determined.

که حه هم دا نه وه ناکل سوی چئ آیا دا حنی یوه مجسمه وه

It could also have been an idol, magic fetish, or charm.

دا کېدای سئ یو بت، جادوین جنوں، یا جادو هم وئ

Whatever it was, it had been captured some months previously.

هر حه چئ وو، حو میاسئ وراندی نیبول سوی وو

A meeting was being held in the wooded swamps of New Orleans.

د نیو اورلینز په ځنګلن دلدلونو کئ یوه غونډه روانه وه

The police had been tipped of about a supposed voodoo meeting.

پولیسو ته د یوی فرضی ووډو غونډی په اړه معلومات ورکرل سوئ وو

Strange and hideous rites connected with the voodoo circle.

د ووډو حلقی سره نرلئ عجیب او کرغیرن مراسم

The police could not but realize what they had stumbled on.

پولیس سو کولی چئ پرته له دی پوه سئ چئ دوی په حه سی احه سوئ دئ

A dark cult previously totally unknown to the authorities.

یوه نیاره فرقه چئ پحوا چارواکو ته په بسپره نوکه نامعلومه وه

Infinitely more sinister than what an outsider could expect.

د هغه حه په پرتله چئ یو بهرنی یئ نمه کولی سئ حورا ډیر ناوره

More diabolic than the blackest of the African voodoo circles.

د افریقا د نورو ووډو حلقو حخه ډیر سیطانی

Unbelievable tales were extorted from the captured cult members.

د نیول سویو فرقئ غرو حخه د نه باور ور کیسئ احیسل سوی

But nothing of the relic's origin could be discovered.

حو د انارو د اصلیب په اړه سی وته موندل سو

Hence the anxiety of the police for any antiquarian lore.

له همدی امله د هر دول لرغونو انارو لپاره د پولیسو اندیښنه

Ancient mythology might explain the frightful symbol.

لرغونی افسانئ ممکن دا ویرونکی سمبول نسریح کری

Deeper knowledge could perhaps track the fountain-head.

روره پوهه ساید د سرچینی سر ثعمیب کړی

Inspector Legrasse was not prepared for the excitement he created.

انسپکتر لیکرار د هغه جوس لپاره چمو نه و چئ هغه یئ رامینحه کړی
و

One sight of the mysterious object was all that was required.

د دی پراسرار سی یواریی لید یواری هغه حه وو چئ ورنه اریا وه

The assembled men of science were filled with curiosity.

راټول سوئ سایس پوهاں له نجسس ححه ډک وو

They lost no time in crowding closely around the inspector.

دوی وحب صایع نه کړ او د نفیس کوئکن ساوحوا راټول سول

And they all tried to get the best look at the diminutive figure.

او ټولو هغه وکره چئ د کوچنئ سحصیب عوره کښه وکړئ


***


The genuinely abysmal antiquity inspired wild imagination.

په ریسیا هم د لرعوسوب دپر حراب حالت وحسن نحیل نه الهام ورکر

The strangeness hinted so potently at unopened and archaic vistas.

دا عجیبه حالت په دپر قوئ ډول نه حلاصو او لرعونو مطرو نه اساره
کوله

No recognized school of sculpture had animated this terrible object.

د مجسمه جورونئ هیج پیرندل سوئ سوونحن دا وحسناک سی نه دی
سحرک کړی

Yet centuries seemed recorded in the dim and greenish surface.

حو پیری په نیاره او سه سطحه کئ نب سوئ سکاریدی

Perhaps thousands of years were hidden in this unplaceable stone.

شاید په دی بی حایه ډبره کی زرکونه کاله پټ وی

The figurine was finally passed slowly from man to man.

مجسمه بالاخره له انسان ححه انسان ته ورو ورو اسعال سوه

Each scientist carefully studied the strange markings of the stone.

هر سایس پوه د ډبری عجیب نسی په دقت سره مطالعه کړی

The work was between seven and eight inches in height.

د کار لوروالی د اوو او اتو انچو ترمح وو

And the exquisite artistic workmanship must be noted.

او د دی غوره هنری کار باید په پام کی ونیول ست

The carvings represented a monster of vaguely anthropoid outline.

نقاسی د یو مبهم انسانی نقسی اساريهوب کاوه

On the face of the octopus-esque head was a mass of feelers.

د اکتوپس په حپر د سر په مح د احساسانو یوه دله وه

Prodigious claws on hind and fore feet protruded from the body.

د سا او محکییو پښو عجیب پجی له بدن ححه راوتلی وو

The bloated corpulence had a rubbery looking quality to it.

پرسپدلی بدن یی د ربر په حیر کیفیت درلود

And from behind the rubbery body came out two narrow wings.

او د ربری بدن له سا ححه دوه تنک وررونه راووتل

It would be instinctual to think of this thing as fearsome.

دا به غریری وی چی دا سی ویرونکی وګل ست

There was an unnatural malignancy to the aura of the creature.

د محلوق په طاهری بنه کی یو غیر طبیعت بدمرغت وه

The gargantuan squatted evilly on a rectangular block.

هغه لوی سری په یوه مسطیل بلاک باندی په بده توګه کیهباست

The pedestal it was on was covered with undecipherable characters.

هغه حوکی چی پری ولاړه وه د نه پوهیدونکو حروفونو سره پوښل سوی وه

The tips of the wings touched the.back edge of the block.

د وررونو حوکی د بلاک ساه حدی ته لمس سوی

The creature was sitting on the middle of the giant block.

دا محلوق د لوی بلاک په مینح کی ناست و

Its legs were doubled up under its monstrous body.

پښی یی د هغه د وحسساک بدن لاندی دوه چنده سوی وی

The long, curved claws.gripped the front edge of the cliff.

اوږدی، کږی سوی پنجی یی د دبری محکیسی حده نیولی وه

The cephalopod head was bent forward, observing its kingdom.

د سیفالوپود سر مح په وراندی کږ سوی و، د هغی سلطنت یی لیدلی و

The ends of the facial feelers brushed the backs of huge forepaws.

د مح د فیلرونو پایونه د لویو محکییو پښو ساه برس سوی وو

And the forepaws clasped the croucher's elevated knees.

او محکیسی پښی یی د کراوچر پورته سوی زنګونونه نیبک کرل

The appearance of the grotesque scene was abnormally lifelike.

د دی عجیبی صحنی بنه په غیر معمولی دول روندی وه

But this lifelike quality only added a subtle reason to be more fearful.

خو دی روندی حانکرنیا یواری د ډیر ویره لرلو لپاره یو نارک دلیل اصافه کر

Because we knew nothing about the source of the depiction.

ځکه چی موږ د انځور د سرچینی په اړه هیڅ نه پوهیدو

The creature's vast, awesome, and incalculable age was unmistakable.

د دی مخلوق پراخه، حیرانونکی او بی سمبره عمر بی له سکه حرکند و

But not one link did the depiction show with any known
type of art.

خو هیچ یوه اریکه یی د هر له کوم پیړندل سوی دول سره ونه ښوده

Not even the earliest civilizations made reference to this
creature.

حتی لومړیو تمدونو هم د دی مخلوق یادونه نه ده کړی

But that is not the only point at which our knowledge failed
us.

خو دا یواریی ټکی نه دی چی زموږ پوهه پکی ناکامه سوی ده


***


The mineralogy of the stone was also a complete mystery.

د دبری معدیاب هم یو بسپر رار و

Gold specks dotted the soapy, greenish-black stone.

د سرو زرو توږی د صابوں، سه ثور دبری په سر کی وی

Iridescent striations ran along the length of the stone.

د دبری په اوږدوالن سره د اور لمبو لرونکی کرښی روانی وی

In short, the stone resembled nothing within mineralogy.

په لنډه ټوکه، دا ډبره د مرالولوری په برخه کی له هیچ سی سره ورنه ته
وه

Geologists hadn't been able to identify the stone either.

جیولوجسانو هم ونه توانیدل چی دبره وپیرن

The hieroglyphs along the stone were equally baffling.

د دبری په اوږدو کی هیروکلیفونه هم په مساوی دول حیرانونکی وو

The writing system was horribly different than other scripts.

د لیکلو سیسم د نورو لیکونو په پرتله حورا توپیر درلود

A representation of half the world's leading experts was
present.

د نری د نیمایی مخکښو مسحصصیو اساریسوب حاصر و

But no link to any known writing system could be established.

خو د کوم پیژندل سوي لیکلو سیسم سره هیڅ اړیکه نه شوه ټیکیدلی

Everything frightfully suggested an old and unhallowed cycle of life.

هر څه په ویره سره د روند یو رور او ناپاک دوراں وراندیر کاوه

A history in which our world and our conceptions played no part.

یو تاریخ چی زموږ نړی او زموږ تصوراتو پکښ هیڅ رول نه درلود

The experts shook their heads, admitting they had been defeated.

کارپوهانو خپل سرونه وحوحول او دا یئ ومنله چی دوی مانی حورلی ده

But one expert did not give up quite so quickly.

خو یو محصص دومره ژر تسلیم نه سو

He claimed to have a touch of bizarre familiarity with the subject.

هغه ادعا وکړه چی له موصوع سره یو څه عجیب بلدیا لری

The monstrous shape and writing weren't entirely new to him.

د هغه لپاره د هغه وحسناک شکل او لیکنه په بشپړه توګه نوی نه وه

With some diffidence he told of the odd trifle he knew.

په یو څه سرم سره یئ د هغه عجیبی کوچی حبری په اړه وویل چی هغه یئ پیژندله

This person was the late William Channing Webb.

دا کس مرحوم ویلیم چایبک ویب وو

He was professor of.anthropology in Princeton University.

هغه د پرنس پوهسوں کښ د اساں پیژندی پروفیسور و

And he was an explorer of no small significance.

او هغه یو کوچی او مهم پلټونکی و

***

Forty-eight years ago he was exploring Greenland and
Iceland.

اته څلوښېت کاله دمخه هغه ګرینلیند او آیسلیند سپړل

His group were in search of some Runic inscriptions.

د هغه دله د حیبو رونی لیکنو په لټه کښ وه

But the expedition failed to unearth any inscriptions.

خو دغه سفر د کومی لیکنی په موندلو کښ پانی راعی

They trekked the heights of West Greenland's coasts.

دوی د لویدیح ګرینلیند د ساحلونو لوروالی وکرحاوه

Here they encountered a strange cult of degenerate Eskimos.

دلته دوی د نحریب سوی ایسکیموس له یوی عجیبی دلی سره مج سول

Their religion consisted of a form of devil-worship.

د دوی مدهب د سیطان عبادت یوه ببه وه

And their rituals were deliberately bloodthirsty and
repulsive.

او د دوی مراسم په قصدی دول د وینی نړی او کرکه ګووښکی وو

It was a faith of which other Eskimos knew little.

دا هغه عقیده وه چی نور ایسکیمو یی په اړه لږ پوهیدل

Locals shuddered at the mention of their practices.

حایی حلک د دوی د کرنو په یادولو سره لررېدل

They said their believes came from horribly ancient eons.

دوی وویل چی د دوی عقیدی له حورا لرعوبو رمانو ححه راعلی دی

A time before the world as we know it now had ever been
made.

یو وحت محکښ له هغه چی نړی موږ اوس پوهیږو جوړه سوی وه

There were human sacrifices and queer hereditary rituals.

د اسانانو قربانی او د میرانی دودوبو لری وه

And all their worship was directed at a supreme tornasuk.

او د دوی ټول عبادت په یوه عالی نورباسوک کښ و

Professor Webb had taken a phonetic copy from an aged angekok.

پروفیسور ویب د یو رور انجیکوک ححه د فوینیک کاپن احیسئ وه

He had transcribed the wizard-priest's chants as best he could.

هعه د جادوګر-پادرئ سدرئ ىر هعه چئ ممکه وئ لیکلئ وی

But currently these transcriptions weren't of prime significance.

حو اوس مهال دا ىعلوىه ډېر مهم ىه وو

The cult had a cherished stone that they worshipped.

دی فرقئ یوه ډبره ارربساکه ډبره درلوده چئ دوی یئ عبادت کاوه

They danced wildly when the aurora leaped over the ice cliffs.

کله چئ اورورا د یح ډبرو ححه پورته سوه نو دوی په وحشیانه ىوکه ىحا وکره

And in the midst of their dance was the strange stone.

او د دوی د ىحا په ﻣﺢ کئ هعه عجیبه ډبره وه

It was, the professor stated, a very.crude bas-relief of stone.

پروفیسور وویل، دا د ډبرئ یوه ډبره حامه مجسمه وه

The stone comprised a hideous picture and some cryptic writing.

په ډبره کئ یو وحسساک اىحور او یو حه مرمور لیکنئ وی

And as far as he could tell this stone was a rough parallel.

او ىر هعه حایه چئ هعه ویلای سو دا ډبره یو ىاحاپه موارئ وه

The stone had all the same essential features of bestial things.

ډبره د حارویو ﺳﯿانو ﻧﻮﻟئ ورىه اریسئ حاىکرىیاوی درلودی

The scientists received this data with suspense and astonishment.

سایس پوهاىو دا معلوماﺏ په سک او حیراﻧﯿا سره ىرلاسه کرل

Even Inspector Legrasse had quickly gained an interest in mythology.

حتى انسپکتر لیکراسئ هم په چټکۍ سره په افسانه کئ دلچسپئ پیدا
کړه

And he began at once to ply his informant with questions.
او سمدلاسه یئ له خپل مخبر ححه پوښتنئ پیل کړی

He had notes of the oral ritual of the cult-worshipers in the
swamp.
هغه د دلدل په سیمه کئ د مذهبئ عبادت کونکو د سفاهئ مراسمو
یادښتونه درلودل

He besought the professor to remember the diabolist
Eskimos' chants.
هغه له پروفیسور ححه وغوښتل چئ د سیطانئ ایسکیموس سدری په
یاد وسائ

There then followed an exhaustive comparison of details.
بیا د جریانو یوه بسپره پرتله کول تعقیب سول

And there then followed a moment of really awed silence.
او بیا د یوئ دیری حیرانوئکئ چوپیا سیبه وسوه

The Eskimo wizards and the Louisiana swamp-priests were
worlds apart.
د ایسکیمو جادوکراں او د لوریانا دلدلئ پادریاں یو له بل ححه دېر جلا وو
And yet there was a phrase the two hellish rituals had in
common.
او بیا هم یوه جمله وه چئ دوه دوزخی رسمونه یئ په کئ مسرک وو

"Ph'nglui mglw'nafh Cthulhu R'lyeh wgah'nagl fhtagn."
"فبګلوی مګلوناف چولھ رالیه وګاه ناګل فهاں"


***


Legrasse had one advantage over Professor Webb.
لیکراسئ د پروفیسور ویب په پرتله یوه کټه درلوده
He had spoken to several of his mongrel prisoners.

هغه د جملو حو محورو بدیانو سره خبری کری وی

Some of them had passed on the phrase's meaning.

حیڧو یڼ د دی جملڼ معی چهره کری وه

"In his house at R'lyeh dead Cthulhu waits dreaming."

"په ریلیه کڼ په حپل کور کڼ مر چتولهو د حوبونو اسطار کوئ"

So the attention turned back to Inspector Legrasse.

نو پام بیرنه اسپکر لیکراسڼ نه واراوه

And he was probed with many disconnected questions.

او له هغه حخه د دپرو بڼ حایه پوښسو پوښسه وسوه

He detailed his experience with the worshipers from the swamp.

هغه د دلدل حخه د عبادت کوڼکو سره حپله نجربه په نفصیل سره بیاڼ کړه

My uncle attached profound significance to the story.

زما نره دی کیسڼ نه زور اهمیب ورکر

The report savored of the wildest dreams of myth-makers.

په راپور کڼ د افسانو جورونکو له وحسڼ حوبونو حوند احیسل سوی و

Theosophists could not have provided more imagination.

نیوسوفیسناڼ نور نحیل نه سوای وراندی کولی

But the philosophies came from unexpected sources.

حو فلسفڼ له ناحاپڼ سرچینو حخه راعلڼ

Half-castes and pariahs told these fantastical stories.

نیمه قبیلو او بڼ برحڼ کسانو دا حیالڼ کیسڼ کولڼ

On November 1st, 1907, his chain of events unfolded.

د ۱۹۰۷ کال د نومبر په لومرڼ نیمه، د هغه د پیښو لرڼ راحرکده سوه

The New Orleans police received desperate calls.

د نیو اورلیز پولیسو نه سخت ریکونه راعللل

They were called to the swamp and lagoon country to the south.

دوی په جنوب کڼ دلدل او جهیل هېواد نه بلل سوڼ وو

The settlers there were mostly primitive, but good-natured.

هله میس حلک اکثره لومړني وو، حو به طبیعته وو

Most living by the swamp were descendants of Lafitte's
men.

د دلدل په غاره روند کووښکن ډیری د لافیټ د سریو اولادونه وو

But now they were in the grip of stark terror.

حو اوس دوی د سحسئ نرهګکري په مبکولو کئ وو

An unknown thing had stolen upon them in the night.

په سپه کئ یو نامعلوم سی له دوی ححه علا کړی وه

It was voodoo, apparently, that caused the disturbance.

ظاهرا، دا ودو وه چئ د ګدودئ لامل سوه

But it was a voodoo unlike the other forms of voodoo.

حو دا د وودو د نورو دولونو په پرنله یو وودو و

Voodoo of a more terrible sort than they had ever known.

د دوی په پرنله دپر وحسساک وودو

Some of their women and children had disappeared.

د دوی حیسئ سحئ او ماسومان ورک سوئ وو

A malevolent drumming had begun its incessant beating.

یو ناوره دول عز حپل پرله پسئ وهل پیل کړی وو

Far and deep within those dark, black haunted woods.

په هغو نیاره، نورو حپلو حبکلونو کئ لری او رور

There, where no dweller dared to ventured close to.

هله، چئ هیح یو اوسیدونکی یئ د نزدی کېدو جرسٴ نه کاوه

There were insane shouts and harrowing screams.

لیونئ چیعئ او ویرونکئ چیعئ وی

Soul-chilling chants and dancing devil-flames.

د روح اراموونکئ سدری او د سیطان د اور نحا

The messenger and his people could stand it no more.

رسول او د هغه قوم نور دا نعملی نه سو

A body of twenty police set out in the late afternoon.

د ماسپسین په وروسیو کئ د سلو پولیسو یوه دله راوونه

And a shivering settler came with them as a guide.

او يو لرېبدلي اوسيدونكي د دوى سره د لارښود په توګه راغى

***

At the end of the passable road they alighted.

د بېربدونكي سرک په پاى كئ دوى سكه سول

For miles and miles they splashed on in silence.

په ميلونو او ميلونو كئ دوى په حاموسئ سره روان وو

And they went on through the terrible cypress woods.

او دوى د صوبر د خطرناكو حبكلونو له لارى لارل

Dark, dark woods in which day but almost never came.

تياره، تياره حبكلونه په هغه ورح كئ وو حو تقريبا هيحكله نه راغلل

Ugly roots set traps for them in the wet ground.

بدصورب ريسئ د دوى لپاره په لوند حمكه كئ جالونه جوروئ

Malignant hanging nooses of Spanish moss beset them.

د هسپانوئ كاس ورونكن حريدلن پرئ دوى محاصره كرل

In the distance the settlement slowly came into sight.

په لرى وائ كئ ورو ورو ښاركوئى نر سركو سو

Hysterical dwellers ran out of the miserable huts.

د وحسب په حالب كئ اوسيدونكن له بدبحنو كونو ححه وښسېدل

They clustered around the group of bobbing lanterns.

دوى د حراغونو د دلئ ساوحوا راټول سول

Far, far ahead the cause of all the fear could be heard..

دبر لرى، دبر محكئ د نولئ وېرئ لامل اورېدل كېده

The muffled beat of drums was now faintly audible.

د دولونو پب عز اوس لټ اورېدل كېده

At times the wind shifted and revealed different sounds.

كله ناكله باد بدل سو او محلف عزونه يئ حركد كرل

Curdling shrieks were audible at infrequent intervals.

په دبر كم وحب كئ د سر د غارى چيعئ اورېدل كېدى

A reddish glare seemed to filter through the undergrowth.

یو سور رنګه رڼا د بوټو له لاری راښکته سوه

The settlers were reluctant to be left alone again.

میست سوی کسان بیا یواری پریښودلو ته ررہ نارره وو

But they point blank refused to move forwards either.

خو هغوی هم په سکاره دول له محته بک ححه انکار وکر

So the inspector and his colleagues plunged on unguided.

نو تمیس کووټکی او د هغه همکاران بن له لارښوونی په کار پیل وکر

And they went into the black arcades of horror.

او دوی د وحشت تورو کلاکانو ته لارل

The region was one of traditionally evil repute.

دا سیمه په دودیر دول د بد سهرت ححه دکه وه

The lands were substantially unknown by white men.

سپیں پوسو حلکو ته حمکئ په بسپره ټوکه ناحرکدی وی

Not many explorers had traversed those regions yet.

تر اوسه دېرو پلونکو دعو سیمو ته سفر ته دی کری

There were also legends of a hidden away lake.

د یو پټ جهیل په اره هم کیسئ وی

A body of water still unglimpsed by mortal sight.

د اوبو یوه حاه چئ لا هم د انسان له سترکو ته ده په سوی

In the lake it was said there dwelt a strange creature.

ویل کېدل چئ په جهیل کئ یو عجیب محلوق اوسېده

A huge, formless white polypous thing with luminous eye.

یو لوی، بئ سکله سپیں پولیپوس سی چئ روښانه سرکئ لری

And settlers whispered about bat-winged devils.

او میسو حلکو د چمکادر ورر لرونکو سیطانانو په اره عرېدل

They flew up out of caverns from the inner earth.

دوی د حمکئ له دنه ححه له غاروتو ححه پورته الوسه وکره

And together the demons worship it at midnight.

او په ګده سیطانان یئ په نیمه سپه عبادت کوئ

They said it had been there before D'Iberville.

دوی وویل چی دا د نیبرویل حصه محکی هلـه و

They said it had been there before La Salle too.

دوی وویل چی دا د لا سالی حصه محکی هم هلـه وو

They said it was there before the Native Americans.

دوی وویل چی دا د اصلی امریکایانو حصه محکی هلـه و

Perhaps it was even there before the wholesome beasts.

ساید دا د صحی حیوانانو حصه محکی هم هلـه و

It was a nightmare itself that made men dream.

دا پحپله یو داسی حوب و چی سری یی حوب نه ار کرل

And to see the thing was the same as death.

او د دی سی لیدل د مرک سره ورنه وو

And so they had enough warning to know to keep away.

او له همدی امله دوی دومره حبرداری درلود چی پوه سی چی لری پاتی

سی

Because it was indeed where they were warned it was.

حکه چی دا په حقیقت کی هعه حای و چی دوی نه حبرداری ورکرل سوی

و

The voodoo orgy was on the fringe of this abhorred area.

د وودو سکا باج د دی کرکی ور سیمی په حدـه کی و

But the location was already bad enough by itself.

حو حای لا دمحه پحپله دبر حراب و

The voodoo activities only added to the horror.

د وودو فعالیـونو یواری وحست ریاب کر

Perhaps poetry could do justice to the noises heard.

ساید ساعری د اوربدل سوییو عزونو سره انصاف وکری

Otherwise only madness would help one understand.

که نه یواری لیوسوب به د پوهیدو سره مرسه وکری

But Legrasse's plowed on through the black morass.

حو لیکراسی د نوری لسی له لاری بـر سو

The sound of the muffled drumming slowly crystalized.

د پښو درم غږ ورو ورو روښانه سو

And they continued steadily towards the red glare.
او دوی په دوامداره توګه د سور حلا په لور روان سول


***


There are vocal qualities specific to men.
د ناړینه وو لپاره ځانګړی غږیز ځانګړتیاوی سوں لری

And there are vocal qualities specific to beasts.
او د عږ ځانګړتیاوی د ځارویو لپاره ځانګړی دی

It is terrible when one makes the sounds of the other.
دا ډېره بده ده کله چئ یو د بل غږونه کوی

Animal fury freed them of their human restraint.
د ځارویو غوسئ دوی د خپل انسانی بند ححه آزاد کرل

Orgiastic license whipped them into demoniac heights.
د اورجیسټیک جوار دوی د سیطانی لورو پوړوئو ته ورسول

Howls that tore through those perpetually dark woods.
هغه چیغئ چئ د تل لپاره تیاره ځنګلونه یئ ماتول

Squawking ecstasies that echoed in everyone's mind.
د خوسحالی چیغئ چئ د هرچا په دهن کئ غږیدلئ

Sounds like pestilential tempests from the gulfs of hell.
د دورخ له خلیجونو ححه د وبایئ طوفانونو په حیر غږیزئ

Now and then the less organized ululations would cease..
کله ناکله لږ مسطم غږونه به ودریزئ

A well-drilled chorus of hoarse voices rose in singsong.
په سدرو کئ د نورو غږونو یو ښه درل سوی کورس راپورته سو

And they chanted that hideous phrase of their ritual.
او دوی د خپل رسم هغه کرغیرں جمله رمرمه کره

"Ph'nglui mglw'nafh Cthulhu R'lyeh wgah'nagl fhtagn"
"فنګلوی مګلوناف چهوله رالیه وګاه ناګل فهتاں"

Then the men reached a spot where the trees were sparser.
بیا سری یوی داسی ځای ته ورسېدل چی وني یی کمی وی

Suddenly they come in sight of the spectacle itself.
ناڅاپه دوی پخپله نماسا ته راځی

Four of them reeled from the horrible things they saw.
څلور یی د ھغو وحسساکو سیانو له امله چی دوی ولیدل، حیران سول

One man fainted, and two were shaken into a frantic cry.
یو سری بی ھوښه سو، او دوه یی په ویرجنه چیغه ووهل

Fortunately their screams were not heard.by other ears.
له نیکه مرغه د دوی چیغی نورو غوږونو ته اورېدلی

The mad cacophony of the orgy deadened their screams.
د نکا ناچیر لیوني سور د دوی چیغی مری کری

Legrasse splashed swamp water on the fainting man.
لیګراسی په بی ھوښه سری باندی د لامبو اوبه وسیدی

They stood up again, but nearly hypnotized with horror.
دوی بیا ودرېدل، حو نږریبا د وحست له امله ھیپنوناز سوی وو

In a natural glade of the swamp stood a grassy island.
د دلدل په یوه طبیعی ساحه کی یو واښه لرونکی ناپو ولار و

The grassy island extended perhaps for an acre.
واښه لرونکی ناپو ساید د یو جریبه لپاره وغځېدلی وی

And the area was clear of trees and tolerably dry.
او سیمه له ونو پاکه وه او د رعم ور وچه وه

A horde of human abnormality leaped and twisted.
د انسانی غیر معمولی حالونو یوه دله راښکه سوه او وکرحېده

No Sime could paint what the men were seeing.
ھیج سیم ھغه ځه نه سو انحورولی چی سری یی لیدل

No Angarola has ever painted such an indescribable scene.
ھیج انکارولا ھیڅکله داسی نه بیانیدونکی صحنه نه ده انحور کری

The hybrid spawn made a monstrous ring-shaped bonfire.
د ھایبرد سپوں یو لوی حلقوی سکل لرونکی اور جور کر

They brayed bellowed and writhed about in their nudity.

دوی په حپل بربدنوب کئ چیعئ وهلئ او په ررا ینئ ررل

Occasionally there were rifts in the curtain of flame.

کله باکله د اور په پردی کئ درروبه بهېدل

And there the object of their worship revealed itself.

او هلبه د دوی د عبادت هدف حرکبد سو

In the midst of the fire stood a great granite monolith.

د اور په مح کئ یو لوی کرانایب موبولیب ولار و

The stone structure was only about eight feet in height.

د دبرو جورہب یواری ابه قوبه لوروالی درلود

And the noxious carven statuette rested on the monolith.

او هعه رياں رسووبکئ مجسمه چئ په یوه واحده دبره کئ ایېبودل سوی

وه

The idle was almost incongruous in its diminutiveness.

بئ کاره په حپل کموالئ کئ تعریبا بئ بسسه وه

Spaced evenly, scaffolds had been erected around the fire.

د اور ساوحوا په مساوی واس کئ بحبئ جوری سوی وی

From the scaffolding hung a number of marred bodies.

له بحبئ ححه حو حراب سوئ جسدوبه حرول سوئ وو

The bodies of those that had disappeared from nearby.

د هعو کسابو جسدوبه چئ له بردی ححه ورک سوئ وو

It was inside this circle the ring of worshipers were.

دا د دی حلفئ دبه وه چئ د عبادت کوبکو حلقه وه

And they roared and jumped in the frantic trance.

او دوی چیعئ وهلئ او په ویروبکن براس کئ ینئ کودبا وکره

The general direction of the motion was anti-clockwise.

د حرکب عمومن جهب د ساعب محالف لورئ وو

The ring of bodies circling around the ring of fire.

د جسدوبو حلقه د اور د حلفئ ساوحوا کرحت

One man recollected other details even more concerning.

یو سرئ بور جریاب هم یاد کرل چئ حبی دیر د اندیسبئ ور وو

But perhaps the echoes induced him to hear other things.

حو ساید د غرونو غرونه هغه دی ته وهحول چئ نور سیاں واورئ

He fancied he heard antiphonal responses to the ritual.

هغه نصور کاوه چئ هغه د مراسمو لپاره صد عزیز حوابونه اوریدلن دئ

Noises from an unillumined spot deeper within the woods.

د حبکل دنه له یوی روری روښانه سوی سیمئ ححه غزونه

This man, Joseph D. Galvez, I later met and questioned.

دا سری، جورف دئ کالویر، ما وروسه ولیدل او پوښسه مئ نری وکره

And he proved to indeed be distractingly imaginative.

او هغه په حمیمت کئ د پام ور بحیل لرونکی نابب سو

He even hinted at the faint beating of great wings.

هغه حبی د لویو وررونو د کمروری وهلو اساره وکره

And he suggested there was a glimpse of shining eyes.

او هغه وراندیر وکر چئ د حلیدونکو سرکو یوه حرک سوں لرئ

And beyond the trees, a mountainous white bulk of something.

او د وبو هاحوا، د یو حه عربی سپیبی نوئ

I suppose he had heard too much native superstition.

ره فکر کوم چئ هغه دبر حاین بوهماب اوریدلن دئ

But actually the horrified pause was relatively brief.

حو په حمیمت کئ دا وحسساکه وقمه سببا لده وه

Duty came first, and they had come to do a job.

دنده لومری راعله، او دوی د کار کولو لپاره راعلن وو

***

There must have been nearly a hundred mongrel celebrants.

باید نردی سل مبکل جس کووبکن وئ

But the police were able to rely on their firearms.

حو پولیس وبوابدل چئ په حپلو وسلو بکیه وکرئ

And they plunged determinedly into the nauseous rout.

او دوی په کلکه د رړه بدوالن په سحنی مانی کئ دوب سول

For five minutes the chaotic din was beyond description.

د پنجو دقیقو لپاره کدود سور او عوعا د بیاں حنه بهر وه

Wild blows were struck and shots were fired.

وحسن کورارونه وسول او دری وسوی

Some escaped arrest by running into the darkness.

حیمی یئ په نیاره کئ په بیسه سره له نیول کبدو حنه وسسپدل

They had a better knowledge of the layout of the swamp.

دوی د دلدل د نریب په اره سه پوهه درلوده

But Legrasse and his men caught around half of them.

خو لیکراسئ او د هعه سریو ساوحوا نیماین یئ ونیول

And they counted around forty-seven sullen prisoners.

او دوی ساوحوا اوه حلویسپ نه حپه بدیاں سمیرل

They were forced to put on their clothes again.

دوی ار سول چئ بیا حپلئ جامئ واعوندئ

And they fell into line between two rows of policemen.

او دوی د پولیسو د دوو فطاروبو نرمنح په لیکه کئ ولوبدل

Five of the worshipers lay dead by the fire.

پنحه عبادب کوونکئ د اور له املھ مره سول

Two severely wounded prisoners were carried away.

دوه سحب بین سوی بدیاں یورل سول

Of course the image on the monolith was removed.

البھ چئ په مونولیپ باندی انحور لری سو

Legrasse himself took the evidence to the police station.

لیکراسئ پحپله سواهد د پولیسو مرکر نه یورل

The trip back to the headquarters was of intense strain.

مرکری دفر نه بیرنه سفر له سحب فسار حنه دک و

The men were examined when they got back to civilization.

کله چئ دوی بمدں نه راسابه سول، نو له هعوی حنه معاینه وسوه

The prisoners all proved to be men of a very low type.

نول بدیاں د دبر نیب دول سری بابب سول

They were all mixed-blooded, and mentally aberrant.

دوی ټول بد ویښی لرونکی وو، او په دهنی ټوکه بی نطمه وو

Most were seamen by trade, or some similar professions.

ډیری یئ د سوداکری یا ورته مسلکونو له محی سمدری کارګراں وو

Negroes and mulattoes were sprinkled among them.

د دوی په منح کی ټورپوستی او ملاتوکاں ووپښل سول

But most seemed to be West Indians or Brava Portuguese.

خو ډیری یئ لویدیح هندیاں یا براوا پرتګالی سکارپدل

They primarily came from the Cape Verde Islands.

دوی په عمده ټوکه د کیپ ورد ناپوکانو ححه راعلی وو

They gave the heterogeneous cult a coloring of voodooism.

دوی عیر مساوب فرقی ته د وودورم رنک ورکر

But there wasn't even a need to ask too many questions.

خو د دپرو پوسسو کولو ته هم اریا ته وه

The conclusion quickly became manifest by itself.

پایله په چتکی سره پحپله حرکدده سوه

Something far deeper than negro fetishism was involved.

د نیکرو فیسسیرم ححه دیر رور حه پکی سامل وو

Although ignorant, but their story was consistent.

که حه هم ناپوه وو، خو د دوی کیسه ناببه وه

The creatures all spoke of the same central idea.

ټولو محلوقاتو د ورته مرکری معکوری په اره حبری وکری

They certainly all shared the same loathsome faith.

دوی ټول یعیا یو دول کرعیرں عقیده درلوده

They worshiped, so they said, the great old ones.

دوی عبادب کاوه، نو دوی وویل، لوی راره

The great old ones lived long before there were any men.

لوی بوداکاں د ناریبه وو له سوں ححه دیر وحت محکی روند کاوه

And they came to the young world out of the sky.

او دوی له اسمانه حوانی نری ته راعلل

Those old ones were now gone, they explained.

 هغوی یسریح کړه چی هغه راره اوس ورک سوی دی

They were now inside the earth and under the sea.

دوی اوس د حمکی دنه او د سمدر لاندی وو

But their dead bodies found ways to tell their secrets.

خو د دوی مرو د حپلو راړونو د حرکدولو لپاره لاری وموندلئ

They whispered into the dreams of the first men.

دوی د لومړیو سړیو حوبونو ته عوړ ویول

And the first men formed a cult which has never died.

او لومړیو اسانو یوه داسی فرقه جوړه کړه چی هیحکله مړه نه سوه

***

The cult had always existed, and always would exist.

دا فرقه تل سوں درلود، او تل به سوں ولري

Their followers were hidden in wastes all over the world.

د دوی پیروان په ټوله نړی کی په کافانو کی پپ وو

Their followers were in dark places explorers overlooked.

د دوی پیروان په ټیاره حایونو کی وو چی سپرونکئ یئ له پامه
عورحولت وو

And they would remain hidden until they were called.

او نر هغه وحه پوری به پپ پانئ ست نر حو چی ورنه بلنه ورنه کړل
ست

When the great priest Cthulhu rises again to the surface.

کله چی لوی پادری چولو بیا سطحی ته راپورنه ست

When Cthulhu brings the earth again beneath his sway.

کله چی چولهو حمکه بیا نر حپل کسرول لاندی راولئ

When Cthulhu leaves from his dark house in the mighty city
of R'lyeh.

کله چی چولو د رالیه په حواکمں ښار کی له حپل ټیاره کور حنه وحئ

Some day he was going call, when the stars were ready.

یوه ورځ به هغه ربګ وهلو، کله چې سوری چمبو وو

And the secret cult will always be waiting to liberate him.

او په دله به بل د هغه د آزادولو په نمه وئ

Meanwhile, no more of his story must be told.

په عین کئ، د هغه کیسه نوره باید ونه ویل سن

There was a secret even torture could not extract.

یو راز وو چې حبی سکنجه یئ هم سن ایسلی

Mankind was not alone among the conscious things of earth.

انساں د حمکئ د سعوری سیانو په منح کئ یواری نه و

Because shapes came out of the dark to visit the faithful few.

حکه چئ سکلونه له بیاره حجه راوویل نرحو د حو وفادارو حلکو لیدنه وکرئ

But these were not the great old ones.

حو دا هغه پحوائئ لویاں نه وو

No man had ever seen the great old ones.

هیح سری هیحکله لوی رازه کساں نه وو لیدلئ

The carven idol was of great Cthulhu.

د کبل سوئ بب د لوی چبولو وه

None could say whether the others were like him.

هیحوک سو ویلای چئ ایا نور د هغه په حیر وو

No one could read the old writing now.

اوس حوک پحوائی لیکه سن لوسلی

Instead, things were told by word of mouth.

پرحای یئ، سیاں د حولئ له لاری ویل سوئ وو

The chanted ritual was not the secret.

د سدری ویلو رسم پب نه و

The secret was never spoken aloud, only whispered.

دا راز هیحکله په لور عز نه ویل کبده، یواری په عور کئ ویل کبده

The chant meant one thing, and one thing alone:

د دی سدری معنی یو سی وه، او یواری یو سی:

"In his house at R'lyeh dead Cthulhu waits dreaming."

"په ریلیه کښ په خپل کور کښ مر چپولهو د حوبوبو انطار کوئ"

Only two of the prisoners were found sane enough to be hanged.

یواری دوہ بدیاں دومرہ روغ وموبدل سول چئ اعدام سئ

The rest of them were committed to various institutions.

پاتئ نور یئ په مخصلفو ادارو کښ کار کولو ته رمں وو

All denied to have taken any part in the ritual murders.

ټولو په مذهبئ ورښو کښ د کدوں ححہ انکار وکړ

They said the killing had been done by something else.

دوی وویل چئ ورته د بل چا لحوا ترسرہ سوی دہ

"The black-winged ones," the each insisted, separately.

"نور ورر لرونکئ،" هر یو په جلا ټوکه ټیپکار وکړ

They had come to them from their immemorial meeting-place.

دوی د دوی د لرعوئ عوندی حای ححہ راعلئ وو

They had arisen out from the haunted woodlands.

دوی د خپل سویو حبکلوبو ححہ راپورنه سوئ وو

But the stories of mysterious allies were inconsistent.

حو د مرمور مسحدیبو کیسئ مصادی وی

***

What the police did extract came mainly from one man.

هغه حه چئ پولیسو راایول کرل په عمده ټوکه د یو سرئ ححہ وو

An immensely aged mestizo named Castro.

یو دبر عمر لرونکی میسیرو چئ کاسرو نومېدہ

He claimed to have sailed to strange ports.

هغه ادعا وکړہ چئ عجیبو بندروبو ته یئ سفر کری دی

And he said he had been to the mountains of China.

او هغه وویل چئ هغه د چین عروبو ته للی و

There he talked with undying leaders of the cult. .

هلته هغه د فرقئ له نه حمیدونکو مسرانو سره حبری وکری

Old Castro remembered bits of.hideous legend.

راره کاسرو د وحسساکو افسانو نوئ را په یاد کری

His legends paled the speculations of theosophists. .

د هغه افسانو د نیوسوفیسانو انکلونه سپک کرل

His stories made man seem like a recent creation.

د هغه کیسو اساں د یوی نوی نحلیق په حیر ښکاره کر

Even the world was transient in his account of things.

حسی نری د هغه د سیانو په حساب کئ لدمهاله وه

There had been eons when other Things ruled on the earth.

کلونه ښر سوئ وو چئ نورو سیانو په حمکه واکمئ کوله

And they had had great cities here on the earth.

او دوی دله په حمکه کئ لوی ښارونه درلودل

The deathless Chinamen told him reserved secrets,

بئ مرکه چیمایانو هغه نه پب رارونه وویل

He had told him their ruins could still be found.

هغه ورنه ویلن وو چئ د دوی کدوالئ لا هم موندل کیدی سئ

There were still Cyclopean stones on islands in the Pacific.

په ارام سمدر کئ په ناپوکانو کئ لا هم د سایکلوپیں دبری وی

They all died vast epochs of time before man came.

دوی نول د اساں له رابک ححه محکئ د وحت په اوردو کئ مره سول

But there were knowledges and practices in ancients arts.

حو په لرعونو هرونو کئ پوهئ او عملونه موجود وو

Special rituals which could revive them again, in time. . .

حانبکری مراسم چئ کولی سئ دوی په وحت سره بیا روندئ کری

In the cycle of eternity their return was inevitable.

د ابدیب په دوراں کئ د دوی راسسیدل حسمئ وو

When the stars come round again to the right positions

کله چئ سوری بیا سم حایونو نه راسئ

They had, indeed themselves come from the stars.

دوی په حقیقت کې پخپله له سورو ححه راعلي وو

"These great old ones," Castro continued.

کاسرو دوام ورکر: "دا لوی راره دئ"

They were not composed entirely of flesh and blood.

دوی په بسپره نوکه د عوسی او ویښی ححه جور سوی نه وو

They had shape," Castro insisted, confidently.

کاسرو په داد سره ټیٻکار وکر، "دوی سکل درلود"

And he had strange proof for what he believed.

او هعه د هعه حه لپاره عجیب ببوت درلود چی هعه یې باور درلود

But the shape they took on was not made of matter.

حو هعه ببه چی دوی یې عوره کره د مادی ححه جوره نه وه

When the stars were in their right positions.

کله چی سوری په حپل سم حای کې وو

Then they could plunge from one world to another.

بیا دوی کولی سن له یوی نری ححه بلی ته وعورحیدی

Because they can move themselves through the sky.

حکه چی دوی کولی سن حابونه د اسمان له لاری حرکب وکری

But when the stars were wrong, they cannot live.

حو کله چی سوری علط وو، نو روند سن کولی

And it is true that they no longer live like we do.

او دا سمه ده چی دوی نور رمور په حیر روند نه کوی

But despite that, they never really die either.

حو سره له دی، دوی هیحکله هم په ریبسیا نه مری

They rest in stone houses in their great city of R'lyeh.

دوی د حپل لوی ښار ریلیه کی د دبرو په کورونو کی اسراحب کوی

They are preserved by the spells of mighty Cthulhu.

دوی د حواکمی چبولو د جادوکانو لحوا سابل سوی دی

So there they lie, unaffected by the passing of time.

نو هله دوی پرانه دی، د وحب په بربدو سره بی اعبری

And they wait for another glorious resurrection.

او دوی د بل حلانده قیامت انطار کوی

When the stars and earth are ready for them again.

کله چې سوری او حمکه بیا د دوی لپاره چمو سی

But they are still dependent on an outside force.

حو دوی لا هم په بهرنی حواک پوری نړلت دی

A force from outside served to liberate their bodies.

له بهر ححه یو حواک د دوی د بدنونو د آزادولو لپاره کار وکر

The spells preserved them and kept them intact.

جادوکانو هغوی وسایل او روغ یئ وسایل

But the spells also kept them from breaking free.

حو جادوکانو دوی د حلاصون محه هم وبیوله

So they could only lie awake in the dark and think.

نو دوی یواری په نیاره کئ ویس پانی کبدل او فکر کول

***

In the meantime uncounted millions of years rolled by.

په عین حال کئ بئ سمیره ملیونونه کلونه نیر سول

They knew all that was occurring in the universe. ..

دوی په کایناتو کئ هر حه پیسسیدئ، نول ھغه حه پوهیدل

Because their mode of speech was transmitted thought.

حکه چې د دوی د حبرو طریقه د فکر لیردول وه

Even now they were talking in their tombs.

اوس هم دوی په حپلو قبرونو کئ حبری کولئ

Then, after infinities of chaos, the first men came.

بیا، د بئ سمیره کدودیو وروسه، لومرنی سری راغلل

The great old ones spoke to the sensitive among them.

لویو مسرانو د دوی په منح کئ حساسو کسانو سره حبری وکری

They spoke to them by molding their dreams.

دوی د دوی د حوبونو نه په قالب ورکولو سره له ھغوی سره حبری وکری

Only that way could their language reach the fleshly minds
of mammals.

يوازې په دې توګه د دوی ژبه د تۍ لرونکو حيواناتو جسماني ذهنونو ته
رسيدلی سي

Then, whispered Castro, those first men formed the cult.

بيا، کاسرو په ژزغوني عز وويل، هغو لومړيو کسانو دا فرقه جوړه کړه

They organized themselves around small idols.

دوی حابونه د کوچنيو بتانو ساوحوا سطيم کړل

The small idols which the great ones had shown them.

هغه کوچني بتونه چئ لويانو ورنه ښودلي وو

Idols brought from dim eras from dark stars.

د نياره سورو ححه د نياره زماني ححه راوړل سوي بتونه

That cult would never die till the stars came right again... .

دا فرقه به هيحکله مړه سي نر هغه چئ سوري بيا سم نه وي راغلئ

The secret priests were going to take great Cthulhu from His
tomb.

پنو کاهانو عوسل چئ لوی چولو د هغه له قبر ححه بوحن

And they were going to revive His subjects.

او دوی عوسل چئ د هغه نابعين بيا راروندي کړي

And then Cthulhu was going to resume His rule of earth.

او بيا چولو به د حمکئ پر سر حپله واکمنئ بيا پيل کړي

The right time was going to reveal itself quite clearly. .

سم وحب به په حرکبده نوګه حاں حرکبد کړي

At that time mankind will have become as the great old
ones.

په هغه وحب کئ به انساناں د لويو زرو حلکو په حير سوي وي

They will be free and wild and beyond good and evil.

دوی به آزاد او وحسي وي او د سبه او بد ححه هاحوا وي

Laws and morals are going to be thrown aside.

قوانين او احلاق به يوي حوا نه وعورحول سن

All men will be shouting and killing and reveling in joy.

نول حلک به چیعئ وهن، ورنن او په حوښی سره به جسوبه وهن

Then the liberated old ones will teach them the new ways.
بیا به آراد سوی ژاړه کساں دوی ته نوی لاری وررده کړی

New ways to shout and kill and revel and enjoy.
د چیعو وهلو، ورلو، حوند احیسلو او حوند احیسلو نوی لاری

And all the earth will flame with a holocaust of ecstasy and freedom.
او نوله حمکه به د حوسحالی او آرادی د اور لمبئ سره وسوحن

Meanwhile the cult had to practice the appropriate rites.
په عین حال کئ، فرقه باید ماسب مراسم نرسره کړی

They had to keep alive the memory of those ancient ways.
دوی باید د هعو لرعونو لارو یادونه روندی وسانی

And they had to shadow forth the prophecy of their return.
او دوی باید د حپل بیرنه راسیدو وراندویه سیوری کړی

In the elder time chosen men spoke with the entombed Old Ones.
په لویانو وحت کئ عوره سوی سرئ د قبرونو له ررو سره حبری کولئ

The entombed Old Ones spoke to them in their dreams.
هعه ررو کسانو چئ حس سوی وو په حپلو حوبونو کئ ورسره حبری وکړی

But then something disturbed their means of communication.
حو بیا یو څه د دوی د اریکو وسیله کدوده کړه

The great stone in the city R'lyeh had sunk beneath the waves.
د ریلئ سار لویه دبره د حپو لاندی دوبه سوی وه

And the monoliths and sepulchers were beneath the waters.
او مونولیسونه او فبرونه د اوبو لاندی وو

Deep waters full of the one primal mystery.
روری اوبه د یو لومرنئ رار حجه دکئ دی

Waters through which not even thought can pass.

هغه اوبه چئ فکر هم تری نسن پربدلی

Water that cut off their spectral communication.

اوبه چئ د دوی طیفئ اریکه یئ پری کره

But the memory of the rites and rituals never died.

حو د مراسمو او مراسمو حافطه هیحکله مره نه سوه

And high priests said that the city would rise again.

او مسرانو کاهانو وویل چئ ښار به بیا راپورنه سئ

When the stars were right Cthulhu was going to return.

کله چئ سوری سم وو، چهولو به بیرنه راسئ

The moldy black spirits of the earth will come out again.

د حمکئ توری او چاسکئ روحونه به بیا راووحن

Shadowy black spirits full of dim rumors.

سیوری تور روحونه چئ له ښاره اوارو دک دئ

***

The spirits collected in caverns beneath forgotten sea-bottoms.

هغه روحونه چئ د هېرو سویو سمدری حندو لاندی په غاروتو کئ راتول سوئ دئ

But of those spirits old Castro dared not speak much.

حو د هغو روحوتو په اره بودا کاسرو د دېری حبری کولو جرب نه کاوه

And he hurriedly cut himself off from the topic.

او په چټکی سره یئ حان له موصوع ححه جلا کر

No amount of persuasion could elicit more in this direction.

په دی لار کئ هیح دول ححوته توره نه سئ راپارولی

No subtlety could convince him to speak of those spirits.

هیح دول چالاکی هغه قائع نه کر چئ د دی روحوتو په اره حبری وکری

The size of the old ones, too, he curiously declined to mention.

هغه په حیراسیا سره د ررو اداره هم له یادولو ندّه وکړه

And of the cult he spoke very little too.

او د هغه د مذهب په اره یئ هم دېر لږ خبرې کولئ

He thought the center lay amid the pathless deserts of
Arabia.

هغه فکر کاوه چئ مرکز د عربستاں د بئ لارې صحراکانو په منح کئ دی

There in Irem, the City of Pillars, dreams hidden and
untouched.

هله په ایرم کئ، د سسو ښار، پټ او بئ حوندھ حوبوىه

This cult was not allied to the European witch-cult.

دا فرقه د اروپایی جادوګرانو سره نراو نه درلود

And the cult was virtually unknown beyond its members.

او دا فرقه د حپلو عرو ھاحوا نعریبا نامعلومه وه

No book had ever really hinted of their knowledge.

هیح کتاب هیحکله د دوی د پوهئ په اره په ریښسیا سره اساره نه ده کړی

Though the deathless Chinamen said the mad Arab Abdul
Alhazred came close.

که حه هم بئ مرکه چیایانو ووییل چئ لیوئی عرب عبدالاحررد نزدی
راعی

He said that there were double meanings in his
Necronomicon.

هغه وویل چئ د هغه په نیکرونومیکوں کئ دوه کونئ معنی وی

The initiated were free to read it if they wanted to.

پیل سوئ کساں آراد وو چئ که وعواری نو ولولئ یئ

And they should pay attention to one couplet in particular.

او دوی باید په حانګرئ دول یوی دوه کونئ نه پام وکړی

"That which is not dead can sleep for eternity,"

"هغه حه چئ مړه نه دئ د نل لپاره حوب کولی سئ"

"And with strange eons even death may die."

"او په عجیبو وحنونو کئ حنی مرګ هم مر کیدی سئ"

Legrasse had been deeply impressed by what he heard.

لیکراسئ د ههٔ حه حجه چئ اوریدلٔن وو زور مائره سوی و

And he was not a little bewildered by the tale. ..

او ههٔ د کیسئ حجه لرٔ حیرانٔ نه سو

He inquired in vain about the historic affiliations of the cult.

ههٔ د دی فرقئ د تاریخئ نراوونو په اره بئ کئ پوښتنئ وکړی

Castro, apparently, had told the truth about the oath of secrecy.

ظاهراً، کاسٌرو د محرمیٮ د لوری په اره ریښٔیا ویلٔن وو

The authorities at Tulane University could not offer much help either.

د نولین پوهٔسوٚں چارواکٔن هم دٖپٔره مرسه نه ٮٔن کولٔی

The were not able to shed no light upon neither cult, nor the image.

دوی ونه ٮٔوابٔدل چئ نه په نه مدهٮ او نه هم په انځور باندی رنا واچؤئ

And now the detective had come to the highest authorities in the country.

او اوس جاسوس د هیٔواد لور پورو چارواکو ٮه رسیدلٔی و

And he heard none other than Professor Webb' tale in Greenland.

او ههٔ په ګرٖیٮلیٮد کئ د پروفیسور ویٮ له کیسئ پرٮه بل حه ٮه اوریدلٔن

***

Legrasse's tale aroused feverish interest at the meeting.

د لیٮکراسئ کیسئ په عونٖده کئ ډیره لیوالٮیا راپارٖوله

The story was not only significant in its implications.

کیٮسه نه یٔواری د ههئ په پایٔلو کئ مهمه وه

But the story was also corroborated by the statuette.

خو کیسه د مجسمئ لخٔوا هم ٮاییٖد سٔوه

The excitement echoed in the subsequent correspondence.

په رادلونکو لیکونو کښ هم دغه جوش څرګند سو

Those who attended stayed in close contact with each other.
هغه کسان چې کډوں یې کاوه له یو بل سره نزدی تماس کښ پانې سول

Although scant mention occurs in the formal publications.
که څه هم په رسمي چپرونو کښ دپر کم یادونه سوی ده

Caution is the first care of those accustomed to charlatanry.
احتیاط د هغو کسانو لومړی پاملرنه ده چې د دوکئ سره عادت دی

Impostures are kept out as much as it is possible.
د امکان تر حده جعلي سیان لری سائل کیږی

Legrasse for some time lent the image to Professor Webb.
لیکراسئ د څه مودی لپاره دا انځور پروفیسور ویب ته په پور ورکر

But at the latter's death the image was returned to him.
خو د وروستئ کس په مرګ سره دا انځور بیرته هغه ته ورکرل سو

And the image remains in Legrasse's possession.
او انځور د لیکراسئ په ملکیب کښ پانې دی

This is where I viewed the terrible image not long ago.
دا هغه ځای دی چې ما څه موده وراندی هغه وحسساک انځور ولید

The image is unmistakably akin to Wilcox' dream-sculpture.
دا انځور په څرګنده توګه د ویلکوکس د حوب مجسمئ سره ورته دی

It was no wonder my uncle was so excited by his tale.
دا د حیرانیا خبره نه وه چې زما تره د هغه د کیسئ حخه دومره

حوسحاله و

And I'm not surprised he made the efforts he made.
او زه حیران نه یم چې هغه هغه هڅئ وکری چې هغه یې کری وی

He had heard everything Legrasse knew of the cult.
هغه هر هغه څه اوریدلئ وو چې لیکراسئ د دی فرقئ په اره پوهیده

And the strange cultish dreams of a sensitive young man.
او د یو حساس حوان عجیبه کلتوری حوبونه

The bas-relief just like the one from the swamp.
د بیس ریلیف کښ مب د دلدل حخه د هغه په حیر

The addition of the devil tablet in Greenland.

په کریپلیند کی د شیطان ټابلیټ اضافه کول

The exact same words used in three remote occurrences.

په دریو لری پرتو پیسو کی ورته کلمی کارول سوی

The Eskimo diabolists, the mongrels in Louisiana, and then Wilcox.

د ایسکیمو شیطانان، د لوریانا مبګریلان، او بیا ویلکوکس

What other conclusion could one possibly have come to?

بل کوم سیجه ته رسیدلی سئ؟

It's only natural Professor Angel pursued this conclusion.

دا طبیعی ده چی پروفیسور انجل دی پایلی ته رسیدلی وی

And I wouldn't have expected him to be less thorough.

او ما به نمه ته درلوده چی هغه به لږ بسپر وی

My great-uncle was a man of principled academic rigor.

زما نره د اصولو او علمی سحمی سری و

Though privately I also had other plausible theories.

که څه هم په سحصی توکه ما نوری د ملو ور نیوری هم درلودی

I suspected young Wilcox of having heard of the cult.

زه سکمن وم چی حوان ویلکوکس د دی فرقی په اره اوریدلی و

Maybe he had heard of the cult in some indirect way.

ښایین هغه په غیر مسمیم دول د دی فرقی په اره اوریدلن وی

He could easily have invented a series of dreams.

هغه په اسانی سره د حوبونو یوه لړی احراع کولی سوای

That way he could heighten and continue the mystery.

په دی توکه هغه کولی سئ اسرار لور کړی او دوام ورکړی

The dream-narratives and cuttings collected did of course corroborate.

د حوبونو کیسی او رانول سوی قلمونه البه ناییدوی

But the rationalism of my mind had not yet been satisfied.

حو زما د دهن عقلاییب لا نه و قانع سوی

Coincidences can form highly believable illusions too.

نصادفن پیسی هم دبر باوری وهمونه رامنحه کولی سئ

And we have to bear in mind the extravagance of the whole
subject.

او موږ باید د ټولئ موضوع اسراف په پام کئ ونیسو

So I was led to adopt what I thought the most sensible
conclusions.

نو زه دی نه ار سوم چئ هغه حه غوره کرم چئ ما فکر کاوه نر نولو
معمول پایلئ وی

I thoroughly studied the manuscript from the beginning.

ما له پیل حخه لاسوند په دقب سره مطالعه کړ

And I correlated the theosophical and anthropological notes.

او ما د نیوسوفیک او اسروپولوریکئ یادښونو سره اریکه ونیوله

I compared the literature with the cult narrative of Legrasse.

ما ادبیاب د لیکراسئ د کلنورئ کیسئ سره پرنله کرل

I made a trip to Providence to see the sculptor.

ما د مجسمه جورونکئ لیدلو لپاره پروویدس نه سفر وکر

And I intended to give him the rebuke I thought proper.

او ما اراده وکړه چئ هغه نه هغه ملامت ورکرم چئ ما مناسبه کله

There must be consequences, I felt, for the trick he played.

ما احساس وکړ چئ د هغه د دی چل لپاره باید پایلئ ولرئ

He had boldly imposed himself upon a learned and aged
man.

هغه په ررورنیا سره ځاں په یو پوه او پاخه سری باندی مسلط کړ


***


Wilcox still lived alone where my uncle had met him.

ویلکوکس لا هم یواری روند کاوه چیری چئ زما نره ورسره لیدلی و

In the Fleur-de-Lys Building in Thomas Street.

د نوماس سرک په فلور-دی-لیس ودانی کئ

A hideous Victorian imitation of Seventeenth Century
Breton architecture.

د اوولسمئ پیرې د بریښو معماري یوه کرغیرنه ویکټوریا ښلید

The building flaunted its stuccoed front amidst its
surroundings.
ودانۍ د خپل ښاوخوا ښاوخوا سیمو په منځ کئ خپل کچو سوی مخ
ښکاره کاوه

There were lovely Colonial houses on the ancient hill.
په لرغونئ غوندۍ کئ ښکلن مسعمرائ کورونه وو

And the house stood under the shadow of the finest
Georgian steeple in America.
او کور په امریکا کئ د غوره جورجیا د دبرې تر سیورې لاندی ولار و

I found him at work in his rooms, among his sculptures.
ما هغه په خپلو خونو کئ، د خپلو مجسمو په منځ کئ په کار کئ وموند

The specimens scattered came from a very unique mind.
هغه نمونئ چئ خپرې سوی وی د یو ډیر خابکرئ ذهن ځخه راغلئ وی

At once I conceded that his genius is indeed profound and
authentic.
ما سمدلاسه ومنله چئ د هغه استعداد په حقیقت کئ رور او مسند دی

He has crystallized in clay that which Arthur Machen evokes
in prose.
هغه په خټه کئ هغه څه راروندی کرئ دی چئ ارتور ماچن یئ په نثر کئ
راپاروئ

He mirrored in marble the nightmares Clark Ashton Smith
put to canvas.
هغه په مرمر کئ هغه وحشتناک انځورونه انځور کرل چئ کلارک اس
سمیت په کینوس کئ ایښن وو

He will, I believe, be spoken of one day as one of the great
decadents.
ره باور لرم چئ یوه ورح به هغه د یو له سترو زوال غوښتونکو
سحصیتونو په نوکه یاد سن

He was dark, frail, and somewhat unkempt in aspect.
هغه نیاره، کمزوری او په ظاهره کئ یو څه بئ حوندہ و

He turned languidly at my knock on his door. .

رما د درواری په ټکولو سره هغه په سستۍ سره مخ سو

He didn't rise from his seat when I came in.

کله چۍ زه دننه راغلم هغه له خپلۍ چوکۍ نه پورته سو

And he asked me what the purpose of my visit was.

او هغه له ما څخه وپوښتل چۍ زما د راتګ موخه څه ده

When I told him who I was his interest was piqued.

کله چۍ ما ورته وویل چۍ زه څوک یم، د هغه علاقه ریانه سوه

My uncle had excited his curiosity by probing his strange dreams.

زما نره د هغه عجیب حوبونو په څیرلو سره د هغه لیوالیا راپارولۍ وه

Although he had never explained the reason for the study.

که څه هم هغه هیڅکله د مطالعۍ دلیل نه دی ښریح کړی

I did not enlarge his knowledge in this regard.

ما په دی برخه کۍ د هغه پوهه ریانه نه کړه

But I sought with some subtlety to gain his confidence.

خو ما په یو څه هوښیارۍ سره هڅه وکړه چۍ د هغه باور نرلاسه کړم

In a short time I became convinced of his absolute sincerity.

په لند وحت کۍ زه د هغه په بسپر احلاص قایع سوم

He spoke of the dreams in a manner none could mistake.

هغه د حوبونو په اره په داسۍ دول حبری وکړی چۍ هیڅوک یئ غلط نه

سۍ کولی

His dreams' subconscious residuum had influenced his art profoundly.

د هغه د حوبونو لاسعورۍ پانۍ سوۍ د هغه په هنر روره اعیره کړی وه

He showed me a morbid statue of the likes I had never seen before.

هغه مانه د هغو دولونو یوه ناروغه مجسمه وښودله چۍ ما محکۍ

هیڅکله نه وه لیدلۍ

The statue's contours almost made me shake with fear.

د مجسمۍ سکلونو نعریبا ما له ویری لرراوه

The potency of the statue's black suggestion was overbearing.

د مجسمی د تورې وراندیر حواک دپر ریاب و

He could not recall having seen the original of this thing.

هغه په یاد نه درلود چی د دی سی اصلن سحه یئ لیدلئ ده

But the statue was inspired by his own dream bas-relief.

حو مجسمه د هغه د حپل حوب د مجسمی ححه الهام احیسسل سوی وه

The outlines had formed themselves insensibly under his hands.

د هغه تر لاسونو لاندی یئ تعسی په بئ حسی سره جوړی کړی وی

It was, no doubt, the giant shape he had raved of in delirium.

بئ له سکه، دا هغه لویه بته وه چی هغه یئ په دیلیریم کئ سایلئ وه

That he really knew nothing of the hidden cult he soon made clear.

دا چئ هغه په حفیف کئ د هغه پت فرقئ په اره هیح نه پوهیده چئ

هغه یئ رر روښانه کر

Only my uncle's relentless catechism had given him some clues,

یواری رما د نره بئ رحمه مذهبئ رده کړی هغه ته حینئ تسئ ورکړی وی،

And again I strove to explain the obvious conclusions away.

او بیا ما هغه وکره چی حرکیدی پایلئ لری تسریح کرم

How he could possibly have received the weird impressions?

هغه حنکه دا عجیب تاثرات ترلاسه کرل؟

He talked of his dreams in a strangely poetic fashion.

هغه د حپلو حوبونو په اره په عجیبه ساعرانه اندار کئ حبری وکړی

He made me see with terrible vividness the vistas of his dream.

هغه ما ته د حپل حوب منطری په دپر روښانه دول وسودلئ

The damp Cyclopean city of slimy green stone.

د نری سه دبرو ححه جور سوی لوند سایکلوپیں ښار

The geometry he oddly said, was all wrong.

هغه هندسه چې هغه په عجيبه نوکه وويل، ټول غلط وو

And he spoke of what he heard with frightened expectancy.

او هغه د هغه حه په اره خبری وکړی چې هغه اوريدلن وو او په ويره

لرونکی نمه یئ

The ceaseless, half-mental calling from underground:

له حمکئ لاندی نه حمېدونکی، نيمه دهنی عز:

"Cthulhu fhtagn... Cthulhu fhtagn"

"چتولهو فتاکن چتولهو فتاکن"

These words had formed part of that dreaded ritual.

دا کلمئ د هغه وپرووبکئ دود يوه برحه جوړه کړی وه

The ritual the told of dead Cthulhu's dream-vigil.

هغه مراسم چې د مړی چتولو د حوب د بيداری په اره ويل سوی وو

The ritual that told of his stone vault at R'lyeh.

هغه رسم چې په ريليه کئ د هغه د دبری حرائی په اره يئ وويل

And I felt deeply moved, despite my rational beliefs.

او زما د عملن عقيدی سره سره، زه په روره نوکه احساسائ سوم

Wilcox, I was sure, had heard of the cult in some casual way.

زه داده وم چې ويلکاکس په يو حه ناحاپن دول د دی فرقئ په اره

اوريدلن وو

He spent his time in a mass of equally weird literature.

هغه خپل وحت په ورنه دول عجيب ادبياتو کئ نير کړ

He must have forgotten the source of his knowledge.

هغه بايد د خپلی پوهئ سرحينه هېره کړی وی

Later the cult had found subconscious expression in his dreams.

وروسه دی فرقئ د هغه په حوبونو کئ لاسعوری اطهار وموند

But this is natural when stories are so impressive.

حو دا طبيعت ده کله چې کيسئ دومره اغيرمنئ وی

Finally the cult's ideas manifested themselves in the bas-relief.

په پای کئ د فرقئ ممکوری په بیس ریلیف کئ حرکتدی سوی

And now the subject of the cult manifested itself in the terrible statue.

او اوس د دی فرقئ موضوع په وحشتاکه مجسمه کئ راحرکتده سوه

I was convinced his imposture upon my uncle had been very innocent.

زه ډاډه وم چئ زما د ترره په وراندی د هغه دوکه ډیره بئ ګناه وه

He both slightly affected, and slightly ill-mannered.

هغه هم لږ حه اعترس سو، او هم لږ حه بد احلاقه

He had a disposition which I could never like.

هغه یو داسئ چلند درلود چئ زه یئ هیحکله نه خوښبوم

But I was willing enough now to admit his genius.

خو اوس زه دومره چمتو وم چئ د هغه وریا ومنم

And I have no way of denying his honesty either.

او زه هم د هغه د صداقت ححه د انکار کولو هیح لاره نلرم

Despite my initial feelings, I took leave of him amicably.

سره له دی چئ زما لومرئ احساساب وو، ما په دوستانه دول له هغه ححه رحصت واخیست

And I wish him all the success his talent promises.

او زه هغه ته د هغه د اسعداد له محئ ټولئ بریاوی غوارم

***

The matter of the cult continued to fascinate me.

د فرقئ موضوع مانه په زره پوری کره

At times I had visions of the personal fame I could attain.

کله باکله ما د هغه سحصن سهرت حوبونه لیدل چئ زه یئ ترلاسه کولی سم

I visited New Orleans and talked with Legrasse.

ما نیو اورلینز ته سفر وکړ او له لیکراسی سره می خبری وکړی

And I spoke with other policemen of that swamp raid.

او ما د هغه دلدلن چاپی له نورو پولیسو سره خبری وکړی

I saw the frightful image with my own eyes.

ما هغه وحسناک انحور په خپلو سرکو ولید

And I even questioned some of the surviving mongrel
prisoners.

او ما حنی د حیو روندی پانی سویو معرورو بدیانو ححه پوښښی وکړی

Old Castro, unfortunately, had been dead for some years.

له بده مرعه، زور کاسرو حو کاله مر و

What I now heard so graphically at first hand excited me
afresh.

هغه حه چی ما اوس په لومړی لاس کی په ډیر ګرافیکن ډول واورېدل، ما
یو حل بیا په رره پوری کړ

Though it was really no more than a detailed confirmation.

که حه هم دا په حقیقت کی د یوی مفصلی نایید ححه ډیر حه نه وو

What they told me I had already read in my uncle's notes.

هغه حه چی دوی رانه وویل، ما دمحه د حپل نره په یادښونو کی
لوسلی وو

I felt sure that I was on the track of a very real secret.

ما داده احساس وکړ چی زه د یو ډیر ریښسین رار په لاره روان یم

And I was sure I was going to discover a very ancient
religion.

او زه داده وم چی زه به یو ډېر لرغوںی مذهب کسف کرم

The discovery would make me an anthropologist of note.

دا کسف به ما د یو پام ور انسان پهرندویکی په نوکه وناکن

My attitude was still one of absolute rational materialism.

زما چلند لا هم د مطلو عملی مادیت پر بست و

And I wish my attitude to the subject matter had not
changed.

او کاس چی زما چلند د موضوع په اره بدل سوی نه وای

I discounted with almost inexplicable perversity the coincidences.

ما د اتفاقاتو نهرببا د نه تسریح کیدونکی انحراف سره رعایب وکړ

The dream notes and odd cuttings collected by Professor Angell.

د خوبونو یادښسونه او عجیب قلمن نوښی چی د پروفیسور انجیل لحوا رانول سوئ

One thing I began to doubt was the cause of my uncle's death.

په یوه سی چی ما سک پیل کړ هغه رما د نړه د مریښی لامل و

I began to suspect his death was far from natural.

ما سک پیل کړ چی د هغه مریمه طبیعت نه وه

And I now fear I know my uncle's death was not natural.

او اوس رھ ویره لرم چی رھ پوهیږم چی رما د نړه مریه طبیعت نه وه

It was on a narrow hill street where he fell.

دا په یوه نبکه غوندی کوحه کی وه چی هغه ولوېد

The street lead up from the ancient waterfront.

کوحه د لرعوین سید عاری حجه پورنه حن

The port-town swarms with foreign mongrels.

د بندر ښار د بهریږو مرعانو حجه ډک دی

He fell after a careless push from a negro sailor.

هغه د یو نورپوسن ناحب له بئ پروایی نکاں وروسه ولوېد

I had not forgotten the mixed blood of the cult-members in Louisiana.

ما په لوریانا کی د مذهبن عرو محلوط ویبه نه وه هېره کړی

I had not forgotten the sailors in the voodoo orgy.

ما د وودو په سکا ناچ کی ملایاں نه وو هېر کړی

And would not be surprised to learn that they had other knowledge too.

او دا به حیراں نه سن چی پوه سن چی دوی نور پوهه هم درلوده

Secret methods as anciently known as the cryptic rites.

پیښی طریفی چی په لرغوني وحت کی د پښو مراسمو په نوم پیرندل کیدی

Poison needles as ruthless their demonic beliefs.

د رهر سسی د دوی د سیطاني عمیدی بی رحمه بولی

Legrasse and his men, it is true, have been let alone.

لیکراسی او د ههغه سری، دا ریبسیا ده، یواری پریسودل سوی دی

But in Norway a certain seaman who saw things is dead.

حو په ناروی کی یو سمدری سری چی سیاں یی لیدلن وو مر سوی دی

Might not sinister ears have picked up my uncle's interest in the sculptor?

کېدای سی رما د نره د بدو عوږونو له امله د مجسمه جوروبکی سره علافه نه وی پیدا سوی؟

Might not the deeper inquiries of my uncle have drawn someone's attention?

آیا رما د نره رورو پوسسو د چا پام حانبه نه دی ارولی؟

I think Professor Angell died because he knew too much. .

ره فکر کوم چی پروفیسور انجیل مر سو چی ههغه دیر حه پوهیدل

Or he died because he.was likely to learn too much.

یا ههغه مر سو حکه چی احتمال یی درلود چی دیر حه زده کری

Whether I shall go out as he did remains to be seen.

دا لا معلومه نه ده چی ایا زه به د ههغه په حیر بهر لار سم

Because I too have learned much about Cthulhu.

حکه چی ما هم د چتولو په اره دېر حه زده کری دی

## The Madness from the Sea
### د سمدر لیوسوب

There is one great boon heaven could grant me.
یوه لویه نعمت سه چی یئ جب یئ مانه راکولی سن

The total effacing of the results of a mere chance.
د پایلو بسپر له محه ورل یواری یو چاس دی

I wish I had never seen that stray piece of paper.
کاسکئ ما هعه ورک سوی کاعد هیحکله نه وای لیدلی

My daily routine would normally not have taken me there.
رما ورحی معمول به معمولا ما هلـه نه وای رسولی

On any other day I would not have noticed anything.
په بله ورح به ما هیح سی نه وای لیدلی

It was an old number of an Australian journal.
دا د اسرالیا د یوی ورحپائی یوه پحوائی کڼه وه

The Sydney Bulletin for April 18, 1925
د سیدنی حبریا د اپریل ۱۸، ۱۹۲۵ لپاره

The paper had even slipped past the cutting bureau.
ورحپانه حسی د چاپ دفر ححه هم نپره سوی وه

I had largely given over my inquiries to a friend.....
ما حپلئ پوسسئ نر دپره حده یو ملکری نه سپارلئ وی

He had taken on the work of most of the research.
هعه د دیری حیرنو کار په عاره احیسسی و

He had come to refer to the group as the "Cthulhu Cult".
هعه دی دلئ نه د "چـولهو کلب" په نوم اساره کری وه

I was visiting my learned friend of Paterson, New Jersey.
ره د نیو جرسن په پیرسن کئ د حپل عالم ملکری سره لیدنه کوله

The curator of a local museum, and a mineralogist of note.
د سیمه ییر موریم سرپرسب او د کانونو یو مسهور پوه

While at his museum I had access to the reserved specimens.

کله چې ره د هغه په موریم کښ وم، ما سائل سویو نمونو ته لاسرسی
درلود

And this is when an odd picture caught my attention.
او دا هغه وحت و چې یو عجیب انځور زما پام حاسه راواراوه

Beneath one of the stones was the Sydney Bulletin I
mentioned.
د یوی ډبری لاندی د سیدني بلیتیں و چې ما یې یادونه وکره

My friend has wide affiliations in all conceivable foreign
lands.
زما ملګری په ټولو ممکنه بهرنیو ځمکو کې پراخې اړیکې لرئ

The picture was a half-tone cut of a hideous stone image.
دا انځور د ډبری د یوی کرعږنۍ مجسمۍ نیم ټون کټ و

Almost identical with the stone Legrasse had found in the
swamp.
تقریبا د هغه ډبری سره ورته والی لری چې لیکراسې په دلدل کې موندلی
و

Eagerly I read the article for its precious contents.
ما دا مقاله په لیوالیا سره ولوستله حکه چې دا ډیره قیمتي وه

But I was disappointed to find that it was just a short article.
حو ره مایوسه سوم چې وموندلم چې دا یواری یوه لنډه مقاله وه

Although brief, the information was of portentous
significance.
که حه هم معلومات لنډ وو، حو ډېر مهم وو


***


"MYSTERY DERELICT FOUND AT SEA"
"په سمدر کې موندل سوی اسرار علا سوی کس"

Vigilant Arrives With Helpless Armed New Zealand Yacht
in Tow.
ویجیلیت د بې وسه وسله والو نیوریلیند کښتۍ سره په نو کې راحن

One Survivor and one Dead Man Found Aboard.

یو روندی پاتی سوی او یو مر سری په کښتۍ کی وموندل سو

Tale of Desperate Battle and Deaths at Sea.

په سمدر کی د نهیلی جگری او مرکونو کیسه

Rescued Seaman Refuses Particulars of Strange Experience.

رعورل سوی کښتۍ د عجیبی تجربی جریات ردوی

Odd Idol Found in His Possession, Inquiry to Follow.

د هغه په قبصه کی یو عجیب بت وموندل سو، پوښتنی به تعقیب سی

The Alert of Dunedin yacht, N.Z., had been disabled in
battle.

د نیوزیلینډ د دونیدین د الرټ یاټ په جکړه کی معلول سوی و

Previously the ship had left from Valparaiso on March 25th.

محکی له دی کښتۍ د مارچ په ۲۵مه له والپاریسو ححه الوته کری وه

On April 2nd the ship was driven considerably south of her
course.

د اپریل په دویمه نیټه کښتۍ د حپل مسیر ححه دیره جنوب ته وحوحیده

Exceptionally heavy storms had redirected the ship.

په استثنایی دول دربو طوفانونو کښتۍ بیرته راسانه کری وه

Monster waves forced the ship to take a different route.

د وحشی حپو کښتۍ دی ته ار کره چی بله لاره وییسی

On April 12th the ship was sighted by another ship.

د اپریل په ۱۲مه، کښتۍ د بلی کښتۍ لحوا ولیدل سوه

Latitude 34° 21', Longitude 152° 17'

عرص البلد ۳۴° ۲۱'، طول البلد ۱۵۲° ۱۷'

Initially they thought the ship had been deserted.

په پیل کی دوی فکر کاوه چی کښتۍ پریسودل سوی ده

But one still living man had been found on board.

حو په کښتۍ کی یو روندی سری وموندل سو

This lone survivor was in a half-delirious condition.

دا یواریسی روندی پاتی سوی کس په نیمه ویښه حالت کی و

The only other victim found was a man already dead a week.

یواریږی بل قربانئ چئ وموندل سو هعه یو سری و چئ یوه اوږ دمحه
مر سوی و

Now the heavily armed steam yacht was being towed.
اوس هعه درنه وسله واله بحاری کښتی چئ کښئ ئ راښکه کېده،
راښکه کېده

And this morning the ship was coming in to its wharf.
او س سهار کښتی حپل بندر ته راورسېده

The living man was clutching a horrible stone idol.
روندی سری د دبری یو وحسناک بت په لاس کئ نیولی و

The stone idol was about a foot in height.
د دبری بت ساوحوا یو فوټ لور و

And the origins of the stone were completely unknown.
او د دبری اصلیب په بسپره نوکه نامعلوم و

Authorities at Sydney university were baffled.
د سیدنئ پوهسوں چارواکئ حیراں سول

The Royal Society couldn't offer information about the idol.
ساهئ نولنه د بت په اره معلوماب ته ست ورائدی کولی

And the Museum in College street had no insights either.
او د کالج سرک موریم هم هیج بصیرب ته درلود

The survivor says he found the stone in the cabin of the
yacht.
روندی پائئ سوی کس وایئ چئ هعه دبره د کښتی په کابیں کئ وموندله

Allegedly the idol was in a small carved shrine.
ادعا کېږی چئ بت په یوه کوچنئ نقاسئ سوئ زیارب کئ و

And the carvings of the shrine were of common pattern.
او د زیارب نقاسئ د عام نمونئ وه

This man eventually recovered back to his senses.
دا سری بالاحره بیرنه حپل هوس ته راغی

And he told an exceedingly strange story of piracy and
slaughter.
او هعه د سمدری علو او ورئ یوه ډیره عجیبه کیسه وکړه

He is Gustaf Johansen, a Norwegian of some intelligence.

هغه ګوستاف جوهانس دی، یو هوسیار نارویږی

And he had been second mate of the two-masted schooner Emma of Auckland.

او هغه د اکلیند د دوه ماسټ سوی سکونر ایما دوهم ملګری و

The ship sailed for Callao February 20th, manned by eleven sailors.

کښتۍ د فبروری په ۲۰ مه د کالاو په لور روانه سوه، چې یوولس ملوکاں یئ سمبال وو

The ship, he says, was delayed and thrown widely south of her course.

هغه واین، کښتۍ وحندول سوه او د خپل مسیر ححه جنوب ته په پراخه کچه وعورحول سوه

There was a great storm on March 1st, and on March 22nd.

د مارچ په لومری او د مارچ په ۲۲مه یو لوی طوفاں راغی

On their journey they encountered another ship.

په خپل سفر کئ دوی له بلئ کښتۍ سره مخ سول

This was in S. Latitude 49° 51′, W. Longitude 128° 34′

دا په جنوب عرص البلد ۴۹° ۵۱′، لویدیح عرص البلد ۱۲۸° ۳۴′ کئ وو

This ship was manned by a queer and evil-looking crew.

دا کښتۍ د یوئ عجیبه او بد نطره عملئ لحوا اداره کیده

All the men were of Kanakas and half-castes.

ټول سری د ککا او نیمه دانونو ححه وو

Being ordered peremptorily to turn back, Capt. Collins refused.

کپاں کولیر ته په بئ پروایئ سره د بیرته سییدو امر وسو، حو هغه یئ رد کر

Without warning the strange crew began to shoot savagely upon the schooner.

بئ له حبرنیا عجیبئ دلئ په بهری باندی په وحسیانه دول دری پیل کری

They shot a peculiarly heavy battery of brass cannon.

دوی د پیپل ټوپ یوه ځانکړی درنه بیری وویښله

The men from his ship showed fighting spirit, says the survivor.

ژوندی پاتی شوی کس واین، د هغه د کښتی سریو د جګړی روحیه وښودله

The schooner began to sink from shots beneath the waterline.

سکونر د اوبو د کرښی لاندی د ډزو ححه ډوبیدل پیل کرل

But they managed to heave alongside their enemy boat, and board her.

خو دوی ونواهبدل چی د خپل دښمن کښتی سره نژدی ودرېدی او په هغی کی سپاره سی

They grappled with the savage crew on the yacht's deck.

دوی د کښتی په ډیک کی د وحسی عملی سره سیالی وکره

Their mode of fighting seemed to be strangely clumsy.

د دوی د جګړی طریقه په عجیبه نوکه بی ھونده سکاریده

But defeat did not seem to be an option for these savage men.

خو مانی د دی وحسی سرو لپاره یو اسحاب نه ښکاریده

They had a particularly abhorrent and desperate way of fighting.

دوی د جګړی یوه ځانکړی کرعهرنه او بی وسه لاره درلوده

So they had no choice but to kill all men of the enemy ship.

نو دوی بله چاره نه درلوده پرنه دی چی د دښمن د کښتی ټول سری ووژنی

Three of their men were also killed in the fight.

د دوی دری سری هم په جګره کی ووژل سول

Capt. Collins and First Mate Green were among the dead.

کپښان کولیر او لومړی ملګری ګریں په مرو کی سامل وو

Second Mate Johansen took over control from First Mate Green.

دوهم ملګری جوهانس د لومړی میپ کریں ځخه کښرول په غاره واخیست

And the remaining eight men proceeded to navigate the captured yacht.

او پاىي اته کسان د نیول سوی کښتۍ د نیولو لپاره روان سول

They proceeded to continue in the original direction they were going.

دوی په هغه اصلن لوری روان وو چې روان وو

To see if there had been any reason they were ordered to turn around.

د دی لپاره چې وګوری ایا کوم دلیل سوں درلود چې دوی ته د سا ارولو امر سوی و

***

The next day, it appears, they landed on a small island.

بله ورح، داسې ښکاری چې دوی په یوه کوچنۍ ناپو کۍ راښکه سول

Although no island is known to exist in that part of the ocean.

که حه هم د سمندر په دی برحه کۍ هیح ناپو سوں نلری

Six of the men somehow died ashore while on the island.

سپږ ښه په ناپو کۍ د ساحل پر غاره مړه سول

Though Johansen is queerly reticent about this part of his story.

که حه هم جوهانس د خپلۍ کیسۍ د دی برحۍ په اړه په عجیبه نوکه حاموس دی

And he speaks only of their falling into a rock chasm.

او هغه یواری د دبری په کډی کۍ د دوی د غورحېدو په اړه حبری کوی

Later, it seems, he and one companion boarded the yacht.

وروسته، داسې ښکاري چې هغه او يو ملګری يئ په کښتۍ کئ سپاره
سول

Together they tried to sail the ship, undermanned.
دوی په ګډه هڅه وکړه چې بئ پيلونه کښتۍ چلوئ

But they were beaten about by the storm of April 2nd.
خو دوی د اپريل د دوهمئ نيټئ طوفان له امله ووهل سول

From that time till his rescue on the 12th, the man
remembers little.
له هغه وخته تر ۱۲مئ پورې د هغه د رغورنئ پورې، سړی لږ څه په ياد
لری

And he does not even recall when William Briden, his
companion, died.
او هغه حتی په ياد نه لری چې د هغه ملګری ويليم بريدن کله مړ سو

Autopsy could reveal no obvious cause to Briden's death.
د اتوپسئ له مخئ د برايدن د مرينئ کوم حرکد لامل نه سن حرکدېدلی

The most likely cause of death is exposure to the elements.
د مرينئ تر ټولو احتمالئ لامل د عناصرو سره مخ کيدل دئ

The Dunedin reported that their boat, the Alert, was well
known.
د دونډين راپور ورکر چې د دوی کښتۍ الرت، ښه پيرندل سوی وه

The island traders bore an evil reputation along the
waterfront.
د ټاپو سوداګرو د سمندر غاړې په اوږدو کئ بد شهرت درلود

The ship was owned by a curious group of half-castes.
دا کښتۍ د نيمه دانونو د يوی عجيبئ دلئ ملکيت وه

Frequent meetings and night trips to the woods attracted
curiosity.
پرله پسئ غوندو او ښکلونو ته د سپئ سفرونو ليوالتيا راپارولئ

The ship had set sail in great haste on March 1st.
کښتۍ د مارچ په لومړئ نيټه په ډيره چټکۍ سره روانه سوی وه

Just after the storm, and the earth tremors that night.

د طوفاں ححه سمدلاسه وروسه، او په هعه سپه حمکه ولرریده

Our Auckland correspondent gives the Emma excellent reputation.

زمور د اکلیند خبریال ایما ته ښه سهرپ ورکوی

The Crew from the Emma were held very in high regard.

د ایما د عملی عرو ته دپر درناوی کېده

And Johansen is described as a sober and worthy man.

او جوهانس د یو هوسیار او ور سری په نوکه بیاں سوی دی

The admiralty will institute an inquiry on the whole matter.

امیرالبحر به د نولی موصوع په اره نحمیعات پیل کړی

Starting tomorrow they will collect all relevant information.

له سبا ححه به دوی نول ارونده معلوماب راټول کړی

Every effort will be made to induce Johansen to speak.

هره هحه به وسن چی جوهانس حبرو ته وهحول سن

This and the hellish image were all the information I had to go on.

دا او هعه دورحن انحور نول هعه معلوماب وو چی ره ین باید دوام ورکرم

But what a train of ideas that little information started in my mind!

خو زما په دهن کی د دی لرو معلومانو حومره د نطرونو لری پیل سوه!

Here were new treasuries of data on the Cthulhu Cult.

دله د چولو کلب په اره د معلومانو نوی حرانی وی

The cult not only had interests on land.

دی فرقی نه یوازی په حمکه کی کنی درلودی

Now there was evidence they also had connections to the sea.

اوس داسی سواهد موجود وو چی دوی له سمدر سره هم اریکی درلودی

What motive prompted the hybrid crew to order back the Emma?

کوم دلیل د هایبرد عمله وهحوله چی ایما بیرنه امر کړی؟

Why did they sail about with their hideous idol?

ولې دوی د خپل کرغیړن بت سره په سمدر کې کرحېدل؟

What was the unknown island on which six of the Emma's crew had died?

هغه نامعلوم ټاپو حه و چې د ایما د عملې سپرد عرې پکې مره سوئ وو؟

And why was Johansen so secretive about their death?

او ولې جوهانس د دوی د مرک په اره دومره پټ و؟

What had the vice-admiralty's investigation brought out?

د مرسیال امیرالبحر تحقیقاتو حه وموندل؟

And what was known of the noxious cult in Dunedin?

او په دونیدین کې د دې ریاں رسونکن فرقې په اره حه پیربدل سوئ وو؟

Nor could one help but marvel at the timing of the events.

او نه هم حوک د پیښو په وحت حیرانیدو ححه پانې کیدی سی

There was a deep and more than natural linkage between the dates.

د نیټو ترمنح روره او له طبیعت ححه دیره اړیکه وه

A malign and now undeniable significance to the various turns of events.

د پیښو د محتلفو بدلونونو لپاره یو ناوره او اوس د انکار ور اهمیت

***

My uncle had noted with great care the connecting events.

زما تره په ډېر احتیاط سره د اړیکو پیښې یادښت کړی وی

On March 1st the earthquake and storm had come.

د مارچ په لومړی نېه رلرله او طوفان راغی

February 28th, according to the International Date Line.

د فبروری ۲۸مه، د نړیوالې نیټې کرښې سره سم

From Dunedin the noisome crew of the Alert darted eagerly forth.

د دونیدین ححه د الرت سورماسور ډله په لیوالیا سره روانه سوه

They moved as if they had been imperiously summoned.

دوی داسی حرکت وکړ لکه حبکه چی په رور سره عوسل سوی وی

On the other side of the earth the other events unfolded.

د حمکی په بل ارح کی نوری پیسی راحرکدی سوی

Poets and artists had begun to have their strange dreams.

ساعرانو او هرمیدانو حپل عجیب حوبونه لیدل پیل کړی وو

Dreams of a dank Cyclopean city from times long gone.

د دیر پخوا وحسونو راهیسی د یو نور بایسکلوای سار حوبونه

A young sculptor was persuaded by these dreams too.

یو حوان مجسمه جورونکی هم د دی حوبونو له امله قانع سو

In his sleep he molded the form of the dreaded Cthulhu.

په حوب کی یی د ویرونکی چولو سکل جور کر

On March 23rd the crew of the Emma landed on an
unknown island.

د مارچ په ۲۳مه د ایما عمله په یوه نامعلوم ناپو کی سکه سوه

There on that island they left six men dead.

هله په هغه ناپو کی دوی سپر سری مره پریسودل

On that date the dreams of sensitive men assumed a
heightened vividness.

په هغه نیه د حساسو سریو حوبونه دیر روښانه سول

Their dreams darkened with dread of a giant monster's
malign pursuit.

د دوی حوبونه د یو لوی سیطان د ناوره بعقیب له ویری نیاره سول

One architect went mad from his dreams that night.

یو معمار په هغه سپه د حپلو حوبونو ححه لیوی سو

And a sculptor had lapsed suddenly into delirium!

او یو مجسمه جورونکی ناحاپه په دیلیریم کی ورک سو!

And then there was the storm of April 2nd.

او بیا د اپریل دوهمه طوفان راعی

The date on which all dreams of the dank city ceased.

هغه نیه چی د نور سار نول حوبونه ودریدل

Wilcox emerged unharmed from the bondage of strange fever.

ویلکاکس د عجیب تبې له بد حجه روغ راووت

And everything appeared to be normal again.

او هرحه بیا عادی ښکاریدل

But what about the hints old Castro had suggested?

خو د هغو اسارو په اړه حه چې زاړه کاسرو وراندیر کړی وو؟

What about the sunken, star-born old ones?

د هغو زړو، چې له سورو حخه ریزیدلن دی، په اړه حه؟

What about their promised return and coming reign?

د دوی د رمنی سوی راسیدو او راتلونکی واکمی په اړه حه؟

What about their faithful cult and their mastery of dreams?

د دوی د وفاداری او د حوبونو د مهارت په اړه حه؟

Was I tottering on the brink of cosmic horrors?

ایا زه د کاسمیک وحسونو په حنده کې دوب وم؟

Cosmic horrors far beyond man's power to bear?

کاسمیک وحسونه د انسان د زعملو له نواں حخه دیر لری دی؟

If so, they must be horrors of the mind alone.

که داسی وی، نو دا باید یواری د دهن وحسونه وی

On the second of April there was sudden coordinated calm.

د اپریل په دویمه نیه ناحاپه همغږی سوی ارامی راغله

The monstrous menace that sieged mankind's soul had vanished.

هغه وحشناک کوابس چې د انسان روح یې محاصره کړی و، ورک سو

That evening I made all necessary arrangements for onwards travel.

په هغه ماښام ما د راتلونکی سفر لپاره نول اړین استاماب وکرل

I bade my host adieu and took a train for San Francisco.

ما خپل کوربه ته الوداع وویل او د سان فرانسسکو لپاره په اورګادی کې سپور سوم

***

In less than a month.I was at the port of Dunedin.

له يوی مياسئ ححه په کمه موده کئ ره د دوئيدين بندر ته ورسېدم

Here, however, my investigation stumbled slightly.

حو دلته زما حبرنه لږ حه ناکامه سوه

I inquired in the old sea taverns where the men had
lingered.

ما په ررو سمدرئ سراب حانو کئ پوسسه وکره چئ سرئ چيرنه پاتئ
سوئ وو

But little was known of the strange cult members.

حو د دی عجيبه فرقئ عرو په اره لږ معلوماب وو

Waterfront scum was far too common for special mention.

د اوبو عارئ کافاب ډېر عام وو چئ د حانکرئ يادولو ور نه وو

But there was vague talk about one inland trip these
mongrels had made.

حو د دی بدمعاسانو د يوی داحلن سفر په اره مبهم حبرى وی

Faint drumming and red flames were noted on the distant
hills.

په لرى پرنو عونديو کئ د ډول غرونلو او سره اورونو غرونه کم وو

In Auckland I learned only a.little more of Johansen.

په اکليند کئ ما د جوهانس په اره لږ حه رده کرل

He had been taken to Sydney for the investigation.

هعه د نحقيقانو لپاره سيدنئ ته ورل سوی و

A perfunctory and inconclusive questioning turned his hair
white.

يوی بئ پروايئ.او بئ پايلئ پوسسنئ د هعه ويسساں سپيں کرل

Thereafter he sold his cottage in West Street.

وروسه يئ په ويسټ سريت کئ حپل کونيج وپلورلو

And he sailed with his wife to his old home in Oslo.

او هغه له خپلی میرمنی سره په اوسلو کئ خپل رور کور ته په کښتی کئ
روان سو

His experience had clearly stirred him deeply.
د هغه تجربئ په حرکنده ټوکه هغه روره وهڅوله

But he told his friends no more than he had told the
admiralty officials.
خو هغه خپلو ملګرو ته د هغه څه په پرتله چی د پوحن چارواکو ته یئ
ویلن وو، دپر څه ونه ویل

And all they could do was to give me his Oslo address.
او دوی یواری دا کولی سول چی ماته د اوسلو په راکری

After that I went to Sydney and talked profitlessly with
seamen.
له هغئ وروسته زه سدنی ته لارم او له کښتیو سره می بئ کنی حبری
وکری

Members of the vice-admiralty court could not enlighten me
either.
د مرسیال امیرالبحر د محکمئ غړی هم ما ته معلومات رانه کرل

I tracked the Alert down to Circular Quay in Sydney Cove.
ما د سیدنی کوف کئ د سرګلر کوی پوری د حبرنیا تعقیب وکر

The ship had been sold and was again in commercial use.
کښتی پلورل سوی وه او بیا په سوداګریره ټوکه کارول کئده

But I could gain no further clues from the ship's cargo.
خو زه د کښتی له بار ححه نور هیچ ښئ ته سم ترلاسه کولی

The image was preserved in the Museum at Hyde Park.
دا انحور د هاید پارک په موزیم کئ سابل سوی و

The cuttlefish head, dragon body, and scaly wings.
د کل فس سر، د اردها بدن، او د حاپیرو وررونه

The monster crouching atop the hieroglyphed pedestal.
هغه بلا چی د هیروکلیف سوی پیدسال په سر کئ ناسه ده

I studied every detail of the idol long and well.
ما د بت هر جریات دیر وحت او ښه مطالعه کرل

The relic was a thing of balefully exquisite workmanship.

دا اثار د ډېر ښکلي او ررہ راښکونکي کار ښکارېده

I couldn't help but notice the similarity to Legrasse's smaller specimen.

 زه نسم كولى مرسه وكرم مګر د ليګراسس كوچنى نمونى سره ورنه والى وليدم

Both idols had the same utter mystery and terrible antiquity.

دواره بوتونه ورنه بسپر رار او وحساك لرعوسوب درلود

And both idols had the same unearthly strangeness of material.

او دواره بوتونه د موادو ورنه ناحرکده عجيب والى درلود

Geologists, the curator told me, had found it a monstrous puzzle.

كيوريټر راته وويل چى جيولوجسانو دا يوه لويه معما موندلى وه

They insisted that the world held no rock like this one.

دوى ټينګار كاوه چى نړى ددى په حير هيچ دبره نه لري

Then I thought with a shudder of what old Castro had told Legrasse.

بيا ما په لرزبدو سره د هغه څه په اړه فكر وكر چى ژاړه كاسرو ليكراسى ته ويلى وو

The tale of the primal great ones, sunken under the sea.

د هغو لومريو لويانو كيسه، چى د سمدر لاندى دوب سوى وو

"They had come from the stars."

"دوى د سورو ححه راغلى وو"

"They had brought their images with them."

"دوى خپل انحورونه له حانه سره راوړى وو"

I was shaken with a mental revolution as I had never before known.

زه د يو ذهني انقلاب سره ولرزيدم لكه حبكه چى ما محكى هيحكله نه و ليدلى

I was now completely resolved to visit Mate Johansen in
Oslo,

زه اوس په بشپړه توګه هوډمن وم چی په اوسلو کی میټ جوهانس سره
وګورم

Sailing for London, I re-embarked at once for the Norwegian
capital.

د لدن په لور روان سوم، سمدلاسه د ناروی پلارمینی ته بیرته روان سوم

And one autumn day I landed at the wharves.

او د منی په یوه ورح ره په بندرونو کی ښکه سوم


***


Johansen's hometown was in the shadow of the Egeberg.

د جوهانس ټاټوبی د ایکبرک په سیوری کی و

I discovered he lived in the Old Town of King Harold
Haardrada.

ما وموندله چی هغه د پاچا هارولد هاردرادا په زاره ښار کی اوسیده

For centuries the greater city had masqueraded as
"Christiania".

د پیریو راهیسی لوی ښار د "عیسویب" په نوم بدل سوی و

King Harald Hardrada kept alive the name of Oslo.

پاچا هارالد هاردرادا د اوسلو نوم روندی وساته

I made the brief trip to his residences by taxicab.

ما د هغه استوګنحی ته لند سفر د ټکسین په واسطه وکر

A neat and ancient building with plastered front.

یوه ښکلی او لرغونی ودانی چی مخ یی پلستر سوی دی

And I knocked with palpitant heart at the door.

او ما په دپر زره سره درواره وټکوله

A sad-faced woman in black answered my summons.

یوی غمجنی ښحی چی نور رنګ یی درلود زما بلنه ومنله

I was stung with disappointment at the sight.

په دی لید کئ ره له مایوسی ححه ډک سوم

She told me in halting English that Gustaf Johansen was no
more.

هغئ په لنده انکلیسی ژبه راته وویل چئ کوستاف جوهانس نور نسه

He had not long survived his return, said his wife.

د هغه میرمنی ووبل، هغه د بیرنه راسسیدو ححه دیر وحت روندی نه و

The doings at sea in 1925 had broken him.

په ۱۹۲۵ کال کئ په سمدر کئ کارونو هغه ماب کر

He had told her no more than he had told the public.

هغه هغئ ته له هغه حه ححه زیاب حه نه وو ویلن چئ حلکو ته یئ ویلن
وو

But he had left a long manuscript of "technical matters"..

حو هغه د "نحیکن مسلو" یوه اوږده لاسوند پریسووده

These notes of the voyage had been written in English.

د سفر دا یادسونه په انکلیسی ژبه لیکل سوی وو

Evidently in order to safeguard her from the peril of casual
perusal.

په حرکده نوکه د دی لپاره چئ هغه د ناحاپن کسئ له حطر ححه حوندی
سی

He had gone for a walk through a narrow lane near the
Gothenburg dock.

هغه د کوسبرک بندر ته نردی په یوه نبکه کوحه کئ د کرحیدو لپاره نللی
و

A bundle of papers falling from an attic window had
knocked him down.

د چپ د کرکی ححه د کاعدونو یوه بندل راوللی و چئ هغه یئ
وعورحاوه

Two Lascar sailors at once helped him to his feet.

په یو وحت کئ دوه لاسکار سیلایانو هغه سره مرسه وکره چئ په حپلو
پسو ودریږی

But before the ambulance could reach him he was dead.

حو محکئ له دی چئ امبولانس ورنه ورسیږئ، ههه مر سو

The physicians found no adequate cause for his death.
داکرانو د ههه د مریئ لپاره کوم مناسب دلیل ونه موند

They mostly attributed his death to heart trouble.
دوی تر ډیره د ههه مریه د زره ناروغی ته مسوبوله

But they added his weakened constitution most likely contributed.
حو دوی ریانه کړه چئ د ههه کمروری اساسئ قانوں ډېر احتمال لرئ چئ مرسه وکړی

I now felt a deep gnawing at my vitals.
اوس مئ د خپلو حیاتئ ارکانونو روره چیچه احساس کړه

A dark terror which will never leave me till I, too, am at rest.
یوه تیاره ویره چئ هیحکله به ما پریږدی تر ههه چئ زه هم آرام نه سم

Whether my death will come "accidentally" or not I can't tell.
زه نه سم ویلای چئ زما مرک به "ناحاپن" راسئ یا نه

I spoke to the widow about her husband's work.
ما د کونډی سره د ههئ د میره د کار په اره حبری وکړی

And I persuaded her I had a "technical" connection to him.
او ما ههه قانع کړه چئ زه ورسره "تحنیکن" اریکه لرم

So she felt I was sufficiently entitled to the manuscript.
نو ههئ احساس وکړ چئ زه د لاسوندونو لپاره کافی حق لرم

And so I attained the dead man's writing.
او په دی نوکه ما د مر سرئ لیکنه ترلاسه کړه

I began to read the documents on the boat to London.
ما د لندن په کښتئ کئ د اسنادو لوسل پیل کرل

They were little more than simple, rambling notes.
دا د ساده او بئ معنی یادښتونو حخه ډیر نه وو

A naive sailor's effort at a post-facto diary.
د یوی ساده ناوی ههئ چئ د واقعیت وروسته په دایری کئ لیکل سوی ده

He strove to recall that last awful voyage day by day.

هغه هغه کوله چئ هره ورځ هغه وروسی وحسساک سفر یاد کرئ

I cannot attempt to transcribe his notes verbatim.

ره سم کولی د هغه یادښتونه په لغطن دول ولیکم

The manuscript is clouded with vagueness and redundance.

لاسوند د ابهام او بئ حایه والئ سره دک دی

But I will tell the gist of what he wrote..

حو ره به د د هغه د لیکلو لندیر ووایم

Perhaps then you will understand why I stuffed my ears
with cotton.

ساید بیا به ناسو پوه سی چئ ولئ ما حپل غوږونه په پببه دک کرل

The sound of the water against the vessel's sides became
unendurable.

د کښسی د ارحونو په وراندی د اوبو غږ د رعملو ور نه و

***

Johansen, thank God, did not quite know what he had seen.

جوهاسس، د حدای سکر دی، په بسپر دول نه پوهیده چئ هغه حه لیدلن
دی

But it is evident he had seen the city and the Thing.

حو دا حرکبده ده چئ هغه ببار او سیبک لیدلی و

I shall never sleep calmly again when I think of the horrors.

کله چئ ره د وحسسونو په اره فکر کوم، نو بیا به هیحکله ارام حوب ونه
کرم

The horrors that lurk ceaselessly behind life in time and
space.

هغه وحسسونه چئ په وحت او فضا کئ د روند تر سا په دوامداره نوکه
پب دی

Those unhallowed blasphemies that come from elder stars.

هغه بئ حرمبه سپکاوئ چئ د لویو سورو حغه راحن

Dreamers beneath the sea known only by a nightmare cult.

د سمدر لاندی حوب لیدونکی یواری د سپی حوبوبو فرقی لحوا پیربدل

کیدی

A cult ready and eager to release these monsters into the world.

یو فرقه چمو او لیواله ده چی دا سیطاناں نری نه حوسی کری

Whenever another earthquake raises their monstrous stone city again.

هر کله چی بله رلرله راسن نو د دوی لوی ډبری ښار بیا راپورنه کوی

When Cthulhu is under the light of the sun once more.

کله چی چولو یو حل بیا د لمر نر رنا لاندی وی

Johansen's voyage had begun just as he told it to the vice-admiralty.

د جوهانس سفر په هماغه ډول پیل شو لکه څنګه چی هغه مرسیال امیرالبحر نه ویلی وو

The Emma, in ballast, had cleared Auckland on February 20th.

ایما، چی په بالسټ کی وه، د فبروری په ۲۰مه ینه له اکلیند څخه پاکه سوه

The ship had felt the full force of that earthquake-born tempest.

کښی د رلرلی له امله د رامحنه سوی طوفاں بسیر حواک احساس کری و

The horrors from the sea-bottom that filled men's dreams.

د سمدر له بل څخه وحسسونه چی د اسانو حوبونه یی ډک کرل

Once under control again the ship was making good progress.

یوحل چی کښی بیا تر کنرول لاندی راعله، نو ښه پرمحټک یی کاوه

But then the ship was held up by the Alert on March 22nd.

حو بیا کښی د مارچ په ۲۲مه د الرټ لحوا ودرول سوه

I could feel the mate's regret as he wrote of her bombardment and sinking.

ره د هغئ د ملکرئ د پسیمانئ احساس کولی شم کله چئ هغه د هغئ د
بمبارۍ او دوبیدو په اره ارہ لیکل

Of the swarthy cult-fiends on the other boat he speaks with
horror.

هغه په بله کښتۍ کئ د نورو مدهبن سیطانانو په اره په ویره سره حبری
کوئ

There was some peculiarly abominable quality about them.

د دوی په اره یو حه عجیبه کرعیرن کیفیب وو

Something made their destruction seem almost a duty.

یو حه د دوی ویجارول تقریبا یو فرص وګل

This point was brought up during the proceedings of the
court of inquiry.

دا نکی د تحقیقاتو د محکمئ د پروسئ په جریان کئ راپورنه سو

Johansen shows ingenuous wonder at the accusation of
ruthlessness.

جوهانس د بئ رحمی په نور کئ هوسیارانه حیرانیا ښیین

Curiosity is what drove the men on in their captured yacht.

نجسس هغه حه وو چئ سرئ یئ په نیول سوی کښتۍ کئ روان کرل

Sticking out of the sea the men sighted a great stone pillar.

کله چئ سریو له سمدر ححه راووت، نو د دبری یوه لویه سته یئ ولیده

In South Latitude 47° 9', West Longitude 126° 43' they come
upon a coastline.

په جنوبن عرص البلد ۴۷° ۹'، لویدیح طول البلد ۱۲۶° ۴۳' کئ دوی په یوه
ساحل کئ راحت

The coastline was of mingled mud, ooze, and weedy
Cyclopean masonry.

د ساحل کرښه د خټو، اوبو او زیان رسوونکو باکریاوو له کڈو معماریو
ححه جوره وه

Nothing less than the tangible substance of earth's supreme
terror.

د ځمکئ د سری نرهګری د محسوسئ مادی ححه کم نه دی

They had come across the nightmare corpse-city of R'lyeh.

دوی د رالیه د مړی ښار له ویرونکن ښار سره مخ سوی وو

A city built in measureless eons behind history. ..

یو ښار چی د تاریخ په اوږدو کی په بی شمیره کلونو کی جوړ سوی

Monuments to vast loathsome shapes that seeped down
from the dark stars.

د پراخو کرغیرنو شکلونو یادګارونه چی د تیاره سترو ححه راوتلی وو

There lay great Cthulhu and his hordes for incalculable
cycles.

هلته د بی شمیره دورو لپاره لوی چولو او د هغه لښکر پرانه وو

Hidden in green slimy vaults, they sent out their thoughts.

په شنه نری حرانو کی پټ، دوی خپل فکرونه حپاره کړل

The thoughts that spread fear to the dreams of the sensitive.

هغه فکرونه چی د حساسو خلکو خوبونو ته ویره حپروی

The thoughts that called..imperiously to the faithful..

هغه فکرونه چی په بی رحمی سره مومنانو ته غږ کوی

"Come on a pilgrimage of liberation and restoration."

"د آزادی او بیا رغونی زیارت ته راسی"

All this horror Johansen had no way of suspecting.

دا ټول وحشت جوهانس د شک کولو هیح لاره نه درلوده

But God knows he had soon seen enough!

خو خدای خبر چی ډیر ژر یی کافی ولیدل!

I suppose what they saw was only a single mountain-top..

زه فکر کوم هغه حه چی دوی ولیدل یواری د غره یوه حوکه وه

Soon the rest of the city emerged from the waters.

ډیر ژر د ښار پاتی برخه له اوبو حخه راووته

The hideous monolith-crowned citadel where great Cthulhu
was buried.

هغه کرغیرن کلا چی د یو ریکه ډبری تاج یی درلود چیری چی لوی چولو
ښخ سوی و

I shudder to think of all that may be brooding down there.

ره د هغه ټولو سپانو په فکر کولو سره لررپرم چنې ممکن هلـه وی

And I almost wish to kill myself to stop these thoughts.
او زه يمريبا غوارم چئ خان ووړنم نرحو دا فکرونه ودروم


***


Johansen and his men were awed by the cosmic majesty.
جوهانس او د هغه سرى د كايپانئ عظمت ححه حيراں سول

They beheld the sight of this dripping Babylon of elder demons.
دوى د لويو سيطانانو د دى حاحكيدونكن بابل مطره وليده

They must have guessed without guidance what it was they saw.
دوى بايد پرنه له لارسووپئ انكل كرى وى چئ حه يئ وليدل

What they saw was nothing of this or of any sane planet.
هغه حه چئ دوى وليدل د دى يا كومئ روغئ سياري په اره نه وو

The unbelievable size of the greenish stone blocks.
د سه رنكه دبرو د نه مهلو ور انداره

The dizzying height of the great carven monolith.
د لوى كاروپى مونوليپ سركردانه لوروالى

And then there was the bas-reliefs found on the captured ship.
او بيا په نيول سوى كپسى كئ د بيس ريليغونه وموندل سول

The colossal statues mirrored the scene on the carvings.
لويو مجسمو په نفاسئ كئ د مطرى انعكاس كاوه

Johansen achieved something very close to futurism.
جوهانس هغه حه نرلاسه كرل چئ راپلونكن نه دپر نردى وو

Because he did not describe any definite structure or building.
حكه چئ هغه كوم مسحص جورښت يا ودانئ نه ده نسريح كرى

He dwelled on the broad impressions of vast angles and
stone surfaces.

هغه د پراخو راویو او دبرو سطحو په پراخو انیرانو نمرکر وکړ

Surfaces too great to belong to anything right or proper for
this earth.

سطحی دومره لویی دی چی د دی حمکئ لپاره سم یا ماسب هیچ سی
پوری اره ئلری

Surfaces impious with horrible images and hieroglyphs.

د وحساکو انحوررونو او هیروکلیفمونو سره ناپاک سطحی

There is a reason I mention his talk about angles.

یو دلیل سه چی ره د راویو په اره د هغه حبری یادوم

It reminds me of something Wilcox had told me of his awful
dreams.

دا ماننه د هغه حه یادونه کوی چی ویلکوکس ماننه د حپلو وحساکو
حوبونو په اره ویلئ وو

He had said that the geometry of the dream-place he saw
was abnormal.

هغه ویلئ وو چی د هغه حوب حای هندسن بنه چی هغه لیدلئ وه غیر
معمولئ وه

Non-Euclidean spheres unlike anything here on earth.

د افلیدس پرنه نوری کری د حمکئ پر مح د بل هر حه په حبر نه دی

Loathsomely redolent dimensions completely unlike ours.

زمورز د پرنله کولو په بسپره نوکه برعکس، دپر ناوره ابعاد

Now a seaman was describing the exact same thing.

اوس یو کبسی چلونکی هماعه سی بیانوئ

They bad both had the same terrible glimpse of this reality.

دوی دوارو د دی وافعیب یو ساں وحساکه لید درلود

Johansen and his men landed at a sloping mud-bank.

جوهانس او د هغه سری د حنو په یوه حورنده عاره کی بنکه سول

And they looked up at this monstrous Acropolis.

او دوی دی وحساک اکروپولیس ته وکل

They clambered slippery up over titan oozy blocks.
دوی د نایباں اوری بلاکونو په اوږدو کئ په سویېدو سره پورنه سول

Blocks which could have been no mortal staircase.
هغه بلاکونه چئ ممکن د مرګ د ریبه نه وای

The very sun of heaven seemed distorted in this mist.
په دی ورېح کئ د اسماں لمر هم مسح سوی ښکاریده

A polarizing miasma welling out from this sea-soaked
perversion.
د دی سمندری ذوب سوی انحراف حجه یو قطبن کوونکی حرافاب
راوحن

Twisted menace and suspense lurked in those elusive rocks.
په هغو پښو دبرو کئ کدود کواس او سک پ وو

A second glance showed concavity where the first showed
convexity.
په دوهم نظر کئ معقریب وسودل سو چیری چئ په لومرئ نطر کئ
محدبیب وسودل سو

Something very like fright had come over all the explorers.
په ټولو پلټوںکو باندی د وېری په حبر یو حه راعلن وو

Each man would have fled had he not feared the scorn of the
others.
که چیری د نورو له سپکاوئ نه وېرېدل، نو هر سری به ښسیېدلی وای

And it was only half-heartedly that they vainly searched.
او دا یواری په نیم زره کئ وه چئ دوی بئ کښئ لښوں وکر

They were looking for some portable souvenir to bear away.
دوی د یو داسئ ور ور یادکار په لمه کئ وو چئ له حاں سره یئ یوست

It was Rodriguez, the Portuguese, who climbed up the foot
of the monolith.
دا پرتکالئ رودریکر وو چئ د یو واحد پور پښه یئ پورنه کره

From there he shouted of what he had found.
له هغه حایه یئ چیغه کره چئ حه یئ موندلن دی

The rest followed him to the foot of the monolith.

پائی نور د هغه پسی د یوهالیسب نر پسو پوری لارل

They looked curiously at the immense door in front of them.

دوی په لیوالیا سره د دوی محنی نه لوینی درواری نه وکتل

The now familiar squid-dragon was carved on the door.

هغه اوس پیرندل سوی سکوید دریک په درواره کی نقس سوی و

It was, Johansen said, like a great barn-door.

جوهانس ووېل، دا د یوی لوینی کودام درواری په حیر وہ

Although they said it only gave the impression of a door.

که حه هم دوی وویل چی دا یواری د درواری ناىر ورکوئ

They could not decide if the door lay flat like a trap-door.

دوی نسو کولی پریکره وکری چی ایا درواره د جال درواری په حیر سمه
ده

Or maybe the opening was slanted like an outside cellar-door.

یا ساید پرانیسل د بهرنی ریررمیں درواری په حیر کوړ سوی وی

As Wilcox would have said, the geometry of the place was all wrong.

لکه حنبکه چی ویلکوکس به ویلن وی، د حای هندسن نول غلط وو

One could not be sure that the sea and the ground were horizontal.

حوک داده نه سن کېدای چی سمدر او حمکه افمی وو

Hence the relative position of everything else seemed phantasmally variable.

له همدی امله د نورو سیانو نسبن موقعیب په حیالن دول معیر سیکاریده

Briden pushed at the stone in several places, without result.

برایدں په حو حایونو کی دبره نہل وهله، پرنه له گومی پایلی ححه

Then Donovan felt delicately over around the edge of the door.

بیا دونووان د درواری په حدہ کی په ناڙک دول احساس وکر

He climbed interminably along the grotesque stone molding.

هغه په دوامداره توګه د ډبرو د عجيب قالب په اوږدو کښې وخوښېد

Although, if you could really call it climbing is debatable.

که څه هم، که تاسو واقعيا دی ته ختلو ويلای سی، دا د بحث ور ده

Perhaps the door was more horizontal than vertical.

ساید دروازه د عمودی په پرتله دیره افمی وه

And the men wondered how any door in the universe could
be so vast.

او سړی حيران شول چې څنګه په کايناتو کښې کومه دروازه دومره پراخه
کیدی سئ

Then, very softly and slowly, something began to happen.

بيا، په ډېر نرم او ورو ډول، يو څه پېس سول

The acre-great panel began to give inward at the top.

د ايکر په اندازه ټحه په سر کښې ډسه حوا ته ورکول پیل کرل

And they saw that the door had balanced itself.

او دوی وليدل چې دروازه ځان مساوی کری و

***

Donovan somehow propelled himself back along the jamb.

دونووان په يو ډول ځان د ببد په اوږدو کښې بيرنه وکرحاوه

And everyone watched the queer recession of the
monstrously carven portal.

او هرچا د دی وحسساکه نفس سوی پورټل عجيب کسادی ولیده

In this fantasy of prismatic distortion it moved anomalously
in a diagonal way.

د پريرمايک تحريف په دی خيالئ تصور کښې دا په غير معمولن ډول په
قطری ډول حرکت وکر

All the rules of matter and perspective seemed confused.

د مادی او ليدلوری ټول قوانين کډوډ سکاربدل

The aperture was black with a darkness almost material.

سوری نور و او نعريبا نیاره مواد یئ درلودل

That tenebrousness was indeed a positive quality.

دا کلکوالی په حقیقت کئ یو مببت کیفیت و

The men were spared from seeing the inner walls.

سری د داحلن دیوالونو له لیدلو ححه ورعورل سول

The darkness burst forth like smoke from its eon-long imprisonment.

نیاره د حپل اوږد بند ححه د لوکن په خیر راپورنه سوه

The sun was visibly darkened by flapping membranous wings.

لمر د غسا لرونکو ورړونو د سویپدو له امله په ښکاره ډول نیاره سوی و

And the shadow slunk away into the shrunken and gibbous sky.

او سیوری په نبک او شین اسمان کئ وعورحپد

The odor arising from the newly opened depths was intolerable.

د نویو پرایسسل سویو رورو ححه راپورنه کیدونکی بوی د رعملو ور نه و

The quick-eared Hawkins thought he heard a nasty, slopping sound.

چنک غوږ لرونکن هاوکیىز فکر کاوه چئ هغه یو ناوره او سویدونکی غږ اوریدلی دی

His ears were confirmed when It lumbered slobberingly into sight.

د هغه غوږونه هغه وحت نیبک شول کله چئ دا په بن صبری سره د سرکو په وراندی وحوحپد

Its gelatinous green immensity groped through the black hall.

د هغئ جیلاین سه پراحوالی د نور نالار له لاری نیر سو

And Its ooze and smell squeezed through the angled door.

او د هغئ حاحکن او بوی د راوینئ درواری له لاری سول

The Thing went into the tainted air of that poison city of madness.

سی د لیوسوب د ههه رهرجس بہار ککری هوا نه لار

**Poor Johansen's handwriting almost gave out when he wrote of this.**

د عریب جوهاسس د لاس لیکل نعریبا ورک سوئ وو کله چئ هعه دا ولیکل

**He thinks two men perished of pure fright in that accursed instant.**

ههه فکر کوئ چئ په هعه لعسن سیبه کئ دوه سری د حالص ویری له امله مره سول

**The Thing cannot be described with our language.**

دا سی رمور په ربه سئ بیاں کیدی

**There are no words for such abysms of shrieking and immemorial lunacy.**

د داسئ عمجنو چیعو او نل پانئ لیوسوب لپاره هیح الفاط نسه

**Eldritch contradictions of all matter, force, and cosmic order.**

د نولو مادو، حواک، او کاسمیک نطم لوی نصادونه

**A mountain that walked and stumbled on the earth. God!**

یو عر چئ په حمکه روواں و او نکر یئ وکر حدایه!

**No wonder that across the earth a great architect went mad.**

دا د حیراسیا حبره نه ده چئ په نوله نری کئ یو لوی معمار لیوی سو

**No wonder poor Wilcox raved with fever in that telepathic instant.**

د حیراسیا حبره نه ده چئ عریب ویلکوکس په هعه نیلیپنیک سیبه کئ له نبئ حجه دک عر وکر

**The green, sticky spawn of the stars, was walking the earth.**

د سورو سه، چیکسی بچی، په حمکه کرحیده

**The Thing of the idols had awaked to claim his own.**

د بنانو سی د حپل حان ادعا کولو لپاره راویس سوی و

**The stars were aligned again, as was predicted.**

سوری بیا سره سمون حوری، لکه حبکه چئ وراندویبه سوی وه

**An age-old cult had failed in their duties.**

یو رور مذهب په حپلو دندو کئ پائی راعلی و

And a band of innocent sailors fulfilled their role by accident.

او د بئ ګناه سیلانیانو یوی دلئ په ناخاپئ ډول خپل رول ترسره کر

After vigintillions of years great Cthulhu was loose again.

د لکونو کلونو له نیارو وروسه، لوی چولو یو حل بیا آزاد سو

And now great Cthulhu was ravening for delight.

او اوس لوی چولهو د خوسئ لپاره لهوی و

Three men were swept up by the flabby claws before anybody turned.

درے سرئ د چا د مخ ارولو دمحه د کمزورو پنجو لحوا ونیول سول

God rest them, if there be any rest in the universe.

که په کایناتو کئ کوم ارام وئ، حدای دی دوی نه ارام ورکړی

Let it be known that their names were Donovan, Guerrera and Angstrom.

دا باید په یاد ولرو چئ د دوی نومونه دونوواں، ګیریرا او انګسروم وو

Parker slipped as he was trying to make his escape.

پارکر د بئسئ په هحه کئ هویهد

The other three were plunging frenziedly back to the boat.

نور درے نه په لهوسوب سره بیرنه کښئ نه دوبهدل

They ran over endless vistas of green-crusted rock..

دوی د سه دبرو بئ پایه منطرو نه ورغلل

Johansen swears he was swallowed up by an angle of masonry.

جوهانس قسم حورئ چئ هغه د معماری یوی راوینئ نیر کرئ و

An angle which shouldn't have been there.

یوه راویه چئ باید نه وای موجوده

An angle which was acute, but behaved as if it were obtuse.

یوه راویه چئ حاد وه، حو داسئ یئ چلد کاوه لکه چئ مبهم وئ

Only Briden and Johansen made it back to the boat. .

یواری بریدں او جوهانس بیرنه کښئ نه ورسیدل

The two men had a moment of good fortune.

دوارو سړيو د نيکمرغۍ يوه شيبه درلوده

The mountainous monstrosity flopped down on the slimy
stones.

د غرونو وحښت په نري ډبرو راپرېووت

And the beast hesitated floundering at the edge of the water.

او حيوان د اوبو په حده کې د لامبو وهلو ځحه دده وکړه

The steam boat had not entirely run out of hot coals.

د بحار کښتۍ لا په بشپړه توګه ګرم سکرو نه وو خلاص سوی

Despite the departure of all men for the shore.

سره له دی چې د ساحل په لور ټول سړي روان وو

Feverishly the two men rushed up and down between
wheels.

په بیه سره دواړه سړی د موټر د چرحونو ترمنځ پورته او ښکته کېدل

It was the work of only a few moments to get the engine
going.

د انجڼ چالانول يواري د حو شيبو کار و

Amidst the distorted horrors of that indescribable scene.

د هغه نه بيان کېدونکی صحنې د تحريف سوی وحسونو په مينځ کې

Slowly their boat began to churn the lethal waters beneath
her.

ورو ورو د دوی د کښتۍ د هغې لاندی ورتنکی اوبه حروبول پيل کړل

And they moved along the masonry of that charnel shore.

او دوی د هغه د چارنل ساحل د معماری په اوږدو کې حرکت وکړ

That strange coastline that was not from this world.

هغه عجيب ساحل چې له دی نری ځحه نه و


***


The titan Thing from the stars slavered and gibbered.

د ستورو حخه نایان ښک غلام سو او حبری یې وکړی

Like Polypheme cursing the fleeing ship of Odysseus.

لکه پولیفیم چې د اودیسیوس په تښتیدلي کښتۍ لعنت وایي

Then great Cthulhu slid greasily into the water.

بیا لوی چتولو په غورو اوبو کې وغورحید

Bolder and more daring than the storied Cyclops.

د لرغونو سایکلوپسونو په پرتله ررور او دیر ررور

Cthulhu pursued them through the water with cosmic movement.

چتولو د کاسمیک حرکت سره د اوبو له لاری دوی تعقیب کرل

Briden looked back from the ship and started laughing shrilly.

برایدن له کښتۍ څخه شاته وکتل او په ررغوني ډول یې وخندل

From that moment Briden continued laughing at odd intervals.

له هغې سیبې څخه، بریدن په ناحاین وقفو کې خندل

But Johansen had not given up yet.

حو جوهاسن لا هم تسلیم شوی نه و

He knew his ship had no chance of outpacing the thing.

هغه پوهیده چې د هغه کښتۍ د دی امکان نلری چې له دی سی څخه محکې سي

So he resolved on taking a desperate chance.

نو هغه هود وکر چې یو نا امیده چانس واخلي

He loaded the furnace and set the engine for full speed.

هغه بټۍ دکه کره او انجن یې په بشپر سرعت سرد فعال کر

And then he ran lightning-like on deck and reversed the wheel.

او بیا هغه د برښسا په حیر په ډیک منډه کره او حرح یې بدل کر

There was a mighty eddying and foaming in the noisome brine.

په سورماسور لرونکن مالګن کې یو قوی حاشکی او فوم وو

The steam mounted higher and higher into the sky.

بحار اسماں ته لور او لور پورته کېده

And the brave Norwegian reversed the course of the chase.

او ررور نارویری د تعقیب لاره بدله کره

Before him rose the unclean froth like the stern of a demon galleon.

د هغه په وراندی ناپاک حُک د شیطانئ کیلوں د سحنئ برحئ په حیر راپورته سو

He drove his vessel head on against the pursuing jelly.

هغه حپل کسی د تعقیبوونکئ جیلی په وراندی وکرحوله

The awful squid-head came nearly up to the yacht's bowsprit.

د سکوید وحسناک سر نزدی د کښی د حدئ ته ورسېد

But Johansen drove on relentlessly against the writhing feelers. .

حو جوهاس د حورونکو حلکو په وراندی په بئ رحمئ سره موٮر چلاوه

There was a bursting as of an exploding bladder.

د مائئ د چاودېدو په حیر چاودنه وسوه

There was a slushy nastiness as of a cloven sunfish. . .

د یوی نوئ سوی لمر کب په حیر یو دول چل او چل ښکارېده

There was a stench as of a thousand opened graves.

د زرکونو پرائیسل سویو قبرونو په حیر بد بوی وو

And there was a sound the chronicler did not put on paper.

او یو عز وو چئ ناریح لیکوٮکٮ یئ په کاعد نه دی لیکلی

For an instant the ship was befouled by an acrid cloud.

د یوی سیبئ لپاره کښی د ٮیری ورٮحئ له امله دوبه سوه

The green cloud blinded Johansen and the mad man.

سه ورٮح یوهاسس او لیوئ سری روند کرل

And then there was only a venomous seething astern.

او بیا یواری یو رهرجٮ جوس و

But God in heaven! What the two men saw next;

حو حدای په جٮٮ کئ! هغه حه چئ دوو سریو وروسه ولیدل؛

The scattered plasticity of that nameless sky-spawn.

د هغه بې نومه اسمانی سپوں حپور سوی پلاسیېکیې

The injured thing was nebulously recombining.

نپت سوی سی په ناحاپن دول بیا یوحای کیده

Soon Cthulhu would be back in its hateful original form.

دېر رر به چـولو بېرنه په حپل کرکجں اصلن به کئ راست

But their distance was widening with every second.

حو د دوی واس د هری نایـیئ سره پراحېده

The ship was gaining impetus from its mounting steam.

کـسیْ د حپل مح په ریانـیدونکن بحار حـحه حواک نرلاسه کاوه

And eventually the cursed city was over the horizon.

او بالاحره لعـب سوی ښار د اڼو له پاسه ووب

***

He did not try to navigate after their lucky escape.

هغه د دوی له بحـوری نپـسئ وروسه د نـک رانک هحه ونه کره

His reaction had taken something out of his soul.

د هغه عبرکوں د هغه له روح ححه یو حه ایـسلن وو

He spent his time brooding over the idol in the cabin.

هغه حپل وحب په کوبه کئ د بب په اره په فکر کولو کئ نېر کر

He looked after the laughing maniac in the boat.

هغه په کـسیْ کئ د حمدونکن لیوبن پاله وکره

And he attended to a few matters such as food.

او هغه د حورو په حبر یو حو مسلو نه پام وکر

Then came the storm of April 2nd.

بیا د اپریل د دوهمئ نیمئ طوفاں راعی

On that day clouds gathered over his consciousness.

په هغه ورح د هغه په سعور وربحئ رانولئ سوی

There is a sense of pure and refined delirium.

د پاک او پاک سوئ سرساری احساس سوں لرئ

Spectral whirling through liquid gulfs of infinity.
د لامحدود مایع خلیجونو له لاری د طیفی حرحېدل

Dizzying rides through reeling universes on a comet's tail.
د لکۍ لرونکی سوری په لکی باندی د حرحیدونکو کاینانو له لاری چکر
وهل

Hysterical plunges from the pit.to the moon.
هیسنریکل له کډی ححه سپوږمی نه عورحیزئ

And he plunged back again from the moon to the pit.
او هغه بیا له سپوږمی ححه کډی نه وعورحېد

A cachinnating chorus of the distorted, hilarious elder gods.
د تحریف سوی، ختدوونکن لوی حدایانو یوه ږره راسکونکۍ سندره

And the green bat-winged mocking imps of Tartarus.
او د تارتاروس سه چمکال ورر لرونکن ملدی وهونکن امپرانور

Out of that dream came rescue; the ship Vigilant.
له هغه حوب ححه نجاب راغی؛ د ویجیلنب کښتی

The vice-admiralty court and the streets of Dunedin.
د مرسیال امیرالبحر محکمه او د دوندیں سرکونه

The long voyage back home to the old house by the Egeberg.
د ایکبرک له لاری رازه کور نه د بیرنه راسسیدو اوږد سفر

He could not tell anyone of what he had seen.
هغه د هغه حه په اړه چی لیدلن وو، چانه یئ نسو ویلای

Had he told the truth they would have thought he had gone
mad.
که هغه رښسیا ویلن وای نو دوی به فکر کاوه چی لیوبی سوی دی

So he secretly wrote of what he knew before death came.
نو هغه په پنه د هغه حه په اړه ولیکل چی هغه د مرک له رانلو دمحه
پوهیده

"Death would be a boon if only it could blot out the
memories."
"مرک به یو نعمت وی که یواری دا یادونه له منحه یوسی"

That was the document Johansen left behind.

دا هغه سد وو چئ جوهاسن پريسود

And now I have placed this document in the tin box.

او اوس ما دا سد په تین بکس کئ حای پر حای کری دی

In the box is also the dream carved bas-relief.

په بکس کئ د حوب نقاسن سوی بیس ریلیف هم دی

And I have included the papers of Professor Angell.

او ما د پروفیسور انجیل مقالئ ساملئ کری دئ

With this box shall go this record of mine.

له دی بکس سره به رما دا ریکارد هم لار سئ

These notes have become a test of my own sanity.

دا یادښتونه رما د حپل عقل ارمویه کرحیدلئ ده

But I hope my discoveries are never be pieced together
again.

حو ره هیله لرم چئ رما موندنئ بیا هیحکله سره یوحای سئ

I have looked upon all that the universe has to hold of
horror.

ما ټول هغه حه لیدلن دی چئ کاینات یئ باید وسائ، لکه وحشت

But now even the skies of spring are darkness to me.

حو اوس د پسرلئ اسماں هم رما لپاره تیاره دی

Even the flowers of summer are forever poison to me.

حتی د دوبئ ګلونه هم رما لپاره د تل لپاره رهر دئ

But I do not think my life will be long.

حو ره فکر نه کوم چئ رما روند به اوږد وی

As my uncle went, so shall my end come.

لکه حنګه چئ رما ترہ لار، رما پای به هم همداسئ راسئ

As poor Johansen went, so shall my time come.

لکه حنګه چئ بیچاره جوهاسن لار، رما وحت به هم راسئ

I know too much, and the cult still lives.

ره دبر حه پوهیزم، او دا فرقه لا هم روندی ده

Cthulhu still lives, too, I can only suppose.

چـولو لا هم روندی دی، ره یواری انکل کولی سم

I assume Cthulhu is again in that chasm of stone.

ره فکر کوم چئ چـولو بیا د دبری په ههه کدی کئ دی

The city which has shielded him since the sun was young.

ههه ښار چئ د لمر له حوای راهیسئ یئ ههه ساتلی دی

I know his accursed city is sunken once more.

ره پوهېږم چئ د ههه لعـنـ ښار یو حل بیا دوب سوی دی

The crew of the Vigilant sailed over the spot after the April
storm.

د ویجیلیت عمله د اپریل د طوفاں وروسه د سیمئ ححه ښر سوه

But his ministers on earth still worship his return.

حو په حمکه کئ د ههه وریراں لاهم د ههه د بیرنه رانک عبادب کوئ

In lonely places they congregate around their idol.

په یواریو حایونو کئ دوی د حپل بب ساوحوا رانولیږی

And they bellow and prance and slay in satanic ritual.

او دوی په سیطانئ رسم کئ چیعئ وهن، نحا کوئ او ورنئ

He must have been trapped by the sinking of his black
abyss.

ههه باید د حپل نور کدی د دوبیدو له امله بند پائئ سوی وئ

Or else the world would by now be screaming with fright
and frenzy.

که نه نو نرئ به اوس له ویرئ او لیونوب ححه چیعئ وهلئ وئ

Who knows how the end will come about?

حوک پوهیږی چئ پای به حنکه راسئ؟

What has risen may sink, and what has sunk may rise.

ههه حه چئ پورنه سوی دی ممک دوب سن، او ههه حه چئ دوب سوی

دی ممک پورنه سن

Loathsomeness waits and dreams in the deep.

کرکه په رورو کئ انطار کوئ او حوبونه وینئ

And decay spreads over the tottering cities of men.

او د اسانانو په لرربدلو ساروئو کئ ښاهن حپره ده

A time will come where that city rises out the sea again.

یو وحت به راسی چی دا بیار بیا له سمندر ححه راپورته سی

But I must not think about when that day will come!

حو ره باید فکر ونکرم چی ههغه ورح به کله راسی!

I have one prayer if this manuscript outlives me.

که دا لاسوند رما ححه روندی پاتی سی، زه یوه دعا لرم

I pray my executors put caution before audacity.

زه له حپلو اجرایوی رییسانو ححه هیله کوم چی د بی باکی پر حای احتیاط وکری

I pray this manuscript meets no other eyes.

زه دعا کوم چی دا لاسوند د نورو سترکو سره ونه ګوری

***

Found among the papers of the late Francis Wayland Thurston, of Boston.

د بوسن د مرحوم فرانسیس وایلند نورسن د کاعدونو په منح کی وموندل سو